AF215475

Dem kleinen Jakob gewidmet

Et Spönche

oder das Streichzündhölzchen

Erzählung

von Karlheinz Lange

Bibliografische Information der Deutschen Nationalbibliothek:
Die Deutsche Nationalbibliothek verzeichnet diese Publikation in der
Deutschen Nationalbibliografie; detaillierte bibliografische Daten sind
im Internet über http://dnb.dnb.de abrufbar.

Herstellung und Verlag: BoD – Books on Demand, Norderstedt
ISBN: 978-3-7448-7508-0

Inhalt

Vorwort

Wie gerne hält man an Altem fest, an dem Hergebrachten, der Tradition. Das Neue hat es stets schwer. Wir brauchen Zeit, uns mit dem Neuen auseinander zu setzen, es kennenzulernen. Aber dann ist es nicht mehr wegzudenken, dann lieben wir das Neue.

Die Erzählung »Et Spönche« handelt davon, wie etwas Neues in der kleinen Rheingemeinde Hitdorf vor 176 Jahren aufgenommen wurde. Das Neue war das Streichzündhölzchen – ein kleiner, aber wirkungsvoller Gegenstand.

Ich will nicht verschweigen, dass zu Beginn des 19. Jahrhunderts zahlreiche Chemiker im In- und Ausland versuchten, ein funktionsfähiges Zündholz zu entwickeln. Bernhard Salm, der Protagonist der Erzählung, war auch nicht der Erfinder. Er nutzte allerdings als Erster in der

Gemeinde Hitdorf die Erfindung von Johann Friedrich Kammerer und produzierte funktionierende Streichhölzer. Die in weiten Teilen frei erfundene Geschichte vom Spönchen handelt von dem, was geschah, als Salm seine Idee in Hitdorf präsentierte.

Das Zündholz verdrängte Feuerstein und Zunder. Den Zunder stellten die sognannten Schwammklöpper her. Mit der Erfindung des Zündholzes wurden sie fast über Nacht arbeitslos. Ähnlich ging es Anfang des 19. Jahrhunderts der Treidelwirtschaft. Die zunehmende Dampfschifffahrt auf dem Rhein machten die Kapitäne und Matrosen der Segelfrachter, die Treidelknechte, die Halfen und die Leinpferdebauern überflüssig. Auch in der Gemeinde Hitdorf konnte diese Entwicklung beobachtet werden. Da verschaffte die Zündholzherstellung einigen Hitdorfer Familien, wenn auch zunächst nur im Nebenerwerb, wieder Arbeit und Einkommen. Die Dampfschiffe halfen darüber hinaus, die Rohstoffe für das neue Produkt schneller heranzuschaffen.

Das neue Verkehrsmittel und das neue Produkt ließen Altes schnell vergessen. Heute haben wir diese Vorgänge aus dem Blickfeld verloren. Die Erzählung soll die Zeit um 1840 noch einmal beleben.

Viel Freude beim Lesen.

Karlheinz Lange, 2016

– Kapitel 1 –

Teufelszeug

Der Bierbrauer Sigmund Pabstmann und der Kaufmann Jakob Dorff treffen unerwartet aufeinander. Es ist ein sonniger Nachmittag im Herbst des Jahres 1840. Am Hitdorfer Rheinufer herrscht rege Betriebsamkeit. In Höhe des Wohnhauses Caspers liegen zwei Segelfrachter, ein Bönder und eine Tjalk, vor Anker. Über ausgelegte Planken schleppen Hafenarbeiter vom Bönder die in Jutesäcke verpackte Fracht an Land. Es riecht nach Rohtabak, der für die Manufaktur der Familie Caspers bestimmt ist. Bei der Tjalk beginnen die Treidelknechte, die Pferde auszuspannen.

»Die Treidler sehen schweren Zeit entgegen«, bemerkt Dorff verbunden mit einem herzlichen Gruß an Pabstmann. »Das kann man wohl laut sagen, denn heute noch erwarten wir das Dampfschiff unter dem Kapitän Brembs, dessen Familie hier aus Hitdorf stammt«, entgegnet der Bierbrauer.

Beide schlendern vorbei am Wohnhaus Caspers in Richtung der Gaststätte Bergischer Hof. Dorff schaut zurück, so als wenn er sich vergewissern wolle, ob das Dampfschiff bereits an der Landbrücke angelegt hat.

»Die Dampfschiffe sind noch etwas schwerfällig und schwierig zu manövrieren. Da ist beim Anlegen die von Ihnen initiierte Landbrücke eine große Hilfe für die Kapitäne.«

Der rührige Bierbrauer hat seit längerem die Entwicklung der Dampfschifffahrt beobachtet und mit dem Präsidenten der Kölner Handelskammer Ludolf Camphausen Kontakt aufgenommen, um die Vorteile des Güterumschlags in Hitdorf zu fördern.

»Ja, es müssen immer wieder neue Ideen angestoßen werden, damit sich auch unsere heimische Wirtschaft weiterentwickelt. Wissen Sie, auf den Dampfschiffen lassen sich frische Waren aus Holland viel schneller in unserer Region verfrachten, als das mit Treidelschiffen der Fall ist«, erwidert er.

»Was sollte nach Ihrer Meinung verbessert werden?«, fragt Dorff.

»Die Kölner Handelskammer glaubt, dass ausschließlich für den Güterverkehr eine Dampfschiff-Frachtlinie nach Holland geschaffen werden müsse. Dann könnte auch über unsere Landbrücke unser Hinterland mit frischen Gütern versorgt werden«, antwortet Pabstmann.

Die Treidelknechte haben inzwischen die Pferde ausgespannt, 16 an der Zahl, das Leinenzeug verstaut und die Tjalk am Ufer festgemacht. Nun führen sie die Pferde über die Rheinstraße zum nahegelegen Hof der Familie Berg.

Die Familie Berg hält Mietpferde bereit, die als sogenannte Leinpferde eingesetzt werden.

.

»Einen schönen guten Tag dem Herrn Halfmann. Wo ist der stolze holländische Segelfrachter heute Morgen gestartet?«, grüßt Dorff den Pferdeführer.

»In Zons. Dort haben wir Fracht aufgenommen, sind bis zur Piwipp getreidelt, haben dann nach Monheim übergesetzt und sind bis hierher gezogen«, ruft der Treidelknecht und schaut dabei etwas verlegen die beiden vornehm gekleideten Herren an. Sie tragen die typischen Pantalons, lange, enge, graue Hosen, geblümte Westen und je einen blauen und grünen Frack, dazu als Kopfbedeckung einen schwarzen Zylinder. So eine freundliche Geste erfahren die derben Treidelknechte nicht überall. Es scheinen nette Menschen in diesem Ort zu leben.

»Darf man fragen, was Sie hier bei uns löschen?«, will Dorff wissen.

»Es ist nicht viel. Rohtabak und ein paar Fässchen Schwefel oder sowas Ähnliches. Sonst nichts. Dann nehmen wir noch ein paar Ballen Leinen auf und machen uns morgen auf den Weg nach Köln.«

»Wo setzen Sie über?«, möchte Dorff wissen.

»Vor der Wuppermündung werden wir in Höhe von St. Amandus übersetzen, bevor die Strömung auf dieser Seite zu stark wird«, erklärt der Pferdeführer.

»Dann wünschen wir eine gute, unfallfreie Fahrt nach Köln«, ruft ihm Dorff zu.

Über die schmalen Planken schleppen die Hafenarbeiter die Fracht in Säcken ans Ufer und stapeln sie auf einem Karren, um sie anschließend in die nahe gelegene Tabakmanufaktur zu bringen.

»Der Caspers besitzt einen Dampfkessel und heizt mit Ruhrkohle«, wechselt Pabstmann etwas nachdenklich das Thema.

»Die Dampfschiffe nehmen jedoch lieber die belgische Kohle. Die Heizkraft ist einfach besser als Kohle von der Ruhr.«

»Wann schaffen Sie einen Dampfkessel für ihre Brauerei an?«, fragt Dorff interessiert. Etwas zögerlich entgegnet Pabstmann:

»Die Kosten sind sehr hoch. Für diese Anschaffung müsste der Umsatz noch etwas besser sein.«

»Ihr Bier schmeckt doch hervorragend. Das Braurezept aus Ihrer fränkischen Heimat kommt doch gut an«, stellt Dorff fest.

»Das wollen wir beide doch einmal sofort ausprobieren. Ich lade Sie ein, dort drüben im ›Bergischen Hof‹ auf ein Glas Bier nach meinem Braurezept.«

Dieser Vorschlag kommt Dorff nicht ungelegen, hatte er doch schon länger vor, mit Pabstmann über die Expansion seines Baustoffhandels zu sprechen. Also gehen sie schnellen Schrittes in Erwartung eines köstlichen Schoppens in die Richtung des urigen Gasthofes. Im Schankraum hat bereits ein Gast Platz genommen. Der Gast trägt einen dunkelblauen klassischen Troyer und sein wirres Haar und das braungebrannte Gesicht lassen darauf schließen, dass es sich um den Kapitän des holländischen Segelfrachters handelt. Er verzehrt gerade eine deftige Brotzeit und gönnt sich dabei einen Humpen Bier.

»Gott zum Gruße, Dücker«, und zum Gast gewandt grüßt Pabstmann, »auch Ihnen ein guten Tag, mein Herr.«

»Wat soll et sin?«, fragt Dücker.

»Zwei Humpen«, ruft Pabstmann zur Theke hinüber. Nachdem beide Platz genommen haben, serviert der Gastwirt Dücker zwei Humpen mit der Bemerkung:

»Zum Wohl, die Häre, Jott zur Ehre.« Beide danken ihm und Pabstmann kommt direkt zur Sache:

»Herr Dorff, sollten Sie in der Lage sein, Kapital zu investieren, da hätte ich einen äußerst interessanten Vorschlag für Sie.«

»Da treffen sie genau das Thema, über das ich gerne mit Ihnen sprechen möchte.«

»Sie haben sicher schon von der Schleppschifffahrt mit Dampfschiffen gehört. Die ersten Versuche waren sehr vielversprechend, so dass man in Köln erwägt, eine Gesellschaft zu gründen, die die Schleppschifffahrt fördert. Zwischenzeitlich soll sogar die Genehmigung der preußischen Regierung vorliegen.«

»Was bedeutet das?«, fragt Dorff interessiert.

»Nun, man ist auf der Suche nach Geldgebern. Es können Anteile erworben werden und die Gewinne aus dem Transportgeschäft werden äußerst lukrativ sein«, versucht Pabstmann zu erklären.

Da mischt sich vom Nachbartisch Kapitän De Jong in das Gespräch ein:

»Ich bekomme gerade mit, dass Sie in die Dampfschifffahrt investieren wollen. Ein unseliges Thema unserer Zeit. Ja, es ist richtig, es werden immer mehr schnaubende und zischende Dampfrosse auf dem Rhein. Sehen Sie sich aber die Laderäume an, lauter Maschinen. Wir können mit unseren Segelfrachtern immer noch doppelt so viel Waren transportieren wie ein Dampfschiff.«

»Die Dampfschiffe sind aber schneller«, wirft Pabstmann ein.

»Das Dampfschiff ist und bleibt eine Höllenmaschine, unaufhörlich strömt Dampf in einer grauen Rauchsäule mit ungeheurer Gewalt aus. Wenn das Schiff still steht oder wenn der Dampf zu stark wird, öffnet das Sicherheitsventil und das Ding fängt an, dermaßen zu brausen und zu heulen, dass man meint, es wolle sogleich in die Luft fliegen«, empört sich der Kapitän.

»Das ist aber doch die Technik unserer Zeit, die lässt sich nicht aufhalten«, wendet Pabstmann ein.

»Gefährlich und in der Herstellung viel zu teuer. Ich kann mir nicht vorstellen, dass die Baukosten für ein Dampfschiff jemals wieder erwirtschaftet werden können.«

Dorff hört gespannt zu, kommt doch die Diskussion der beiden nun an einen kritischen Punkt, der auch sein Interesse am Einsatz von Kapital in die Produktion von Dampfschiffen betrifft. Wie soll er sich verhalten? Die Äußerungen des Kapitäns machen ihn stutzig. Vielleicht ist das Risiko doch zu hoch? Während er noch nachdenkt, betreten zwei neue Gäste den Schankraum.

Es sind der Nagelschmied Bernhard Salm und der Gelegenheitsarbeiter Wilhelm Schiefer. Der breitschultrige Salm wirkt im schwarzen Gehrock und dem weißen Hemd mit einem Vatermörderkragen wie ein eingeschnürtes Kraftpaket. Sein Vollbart, das Symbol seiner liberalen Einstellung, lässt ihn verwegen aussehen. Der schmächtige Schiefer dagegen trägt abgenutzte Arbeitskleidung, wie es bei Hafenarbeitern üblich ist. Beide kennen sich von Jugend an. Salm hat in seinen Wanderjahren in Süddeutschland vom freiheitlichen Gedankengut erfahren, aber auch technische Neuerungen kennen gelernt. Er sucht jetzt in seiner Heimat eine neue Herausforderung.

»Tach zesamme«, grüßt Schiefer die Anwesenden und zu Dorff gewandt,

»Tach, Herr Dorff, hann Se dies Daach noch ens Ärbed für mech?« Dorff hebt fragend die Schultern:

»Mal sehen.«

»Dat he es d'r Bernhard Salm. Dä es heim jekumme, von d'r Wanderschaff. Dä hät de letzte Johre vill jesinn.« Salm hebt beschwichtigend die Hände:

»Also, lieber Willi, mal langsam. Ja, ich war zuletzt im Württembergischen. Hier findet man einen Schmelztiegel neuer Ideen und Techniken.«

»Kommen Sie zu uns. Nehmen sie Platz. Erzählen sie, was Sie erlebt haben«, fordert Pabstmann die beiden neuen Gäste auf, bei ihnen am Tisch Platz zu nehmen.

»Dücker, noch zwei Humpen auf meine Rechnung.«

Der Kapitän des Segelfrachters betrachtet den neuen bärtigen Gast äußerst argwöhnisch, erhebt sich und geht von den anderen Gästen unbemerkt zum Gastwirt Dücker an die Theke.

»Dücker, schau dir den mal an«, flüstert er dem Gastwirt zu, »wenn mich nicht alles täuscht, ist das ein Revoluzzer. Den Bart trägt der ganz bewusst und die, die so was tragen, sind Liberale.«

»Um Joddeswelle, dat hie bei uns«, zetert Dücker.

»Keine Sorge«, beruhigt der Kapitän den offenbar ängstlichen Gastwirt, »die Königlich Preußische Landgendarmerie hat diese Leute im Auge. Wenn der seine Parolen verkünden will, holen wir die mal ganz schnell hier her.« Mit einer dankbaren Geste stellt Dücker ihm einen Humpen hin:

»Danke, der jeht op mech.«

»Auch wenn die Preußen meinen«, beginnt Salm, »durch die Pressezensur könnten sie die Verbreitung neuer Ideen verhindern, dann täuschen sie sich gewaltig. Im Württembergischen wird immer noch in den Vereinen und Burschenschaften über die Forderung nach den sogenannten bürgerlichen Freiheiten diskutiert. Meine Herren, Sie machen mir den Eindruck, als wenn Ihnen gerade die Niederlassungsfreiheit, wie sie von den Franzosen eingeführt wurde, erstrebenswert erscheint.«

»Sie vermuten ganz richtig. Ich bin zum Beispiel aus dem Fränkischen hierher ins Rheinland gekommen und musste Jahre warten, bis ich als preußischer Staatsbürger anerkannt wurde, und erst dann konnte ich mit dem Bierbrauen beginnen«, ergänzt Pabstmann.

»Wir müssen allerdings mit solchen Meinungsäußerungen vorsichtig sein, meine Herren. Die Spitzel und Denunzianten sind überall«, fährt Salm fort, »und gerade hier in Hitdorf, wo Handwerker und Händler aufeinander treffen, hier entstehen neue und revolutionäre Ideen. Auch ich komme mit einer neuen Idee nach Hitdorf, um hier ein kleines Unternehmen aufzubauen.«

»Lassen Sie uns hören, was Sie produzieren möchten«, drängt Dorff interessiert und denkt dabei an seine Absicht, etwas von seinem Kapital zu investieren.

Dücker hat inzwischen die Kellnerin Margret aus der Küche herbeigeholt und flüsternd fordert er sie auf:

»Du brengs jitz die zwei Humpe dä Männer do, und dann deeste ens luustere, wat die am Verzälle sin. Häste verstande?«

»Luustere?«

»Jo, luustere un uns sare, wat de jehot häs«, ergänzt Dücker. Die Kellnerin nimmt die beiden Humpen und schreitet unauffällig zum Tisch der geheimnisvollen Gäste.

In diesem Augenblick nimmt Salm aus seiner Reisetasche ein Werkzeug, das einem Hobel ähnlich sieht.

»Sehn Sie hier, das ist ein Stäbchenhobel. Mit ihm kann man fünf gleich starke Stäbchen aus einem Stück Holz heraushobeln.«

»Und wie geht das«, will Pabstmann wissen. Salm ist stolz, dass er es jetzt einmal neugierigen Mitmenschen sein Vorhaben erklären kann:

»Das ist eigentlich ein ganz normaler Hobel, aber mein Werkzeugmacher hat fünf röhrchenförmige Löcher in das Hobelmesser eingeschliffen. Fährt man jetzt mit den Stäbchenhobel über einen Holzbalken, erhält man fünf gleich starke Stäbchen in beliebiger Länge.«

»Das ist ja alles sehr schön, aber sagen Sie: Wer oder was braucht diese Stäbchen?«, fragt Dorff etwas enttäuscht, denn er hatte mehr erwartet als kleine Stäbchen. Für einen Moment hatte er daran gedacht, in die Idee von Salm zu investieren. Nun schaut er entgeistert zur Kellnerin Margret auf, die ebenfalls ungläubig in die Runde blickt, sich dann abwendet und zur Theke zurückgeht.

»Wat verzällt dä?«, will Dücker wissen.

»Dä hät ne Hobel, mit däm kannste Stäbcher maache«, versucht Margret zu erklären. Der Kapitän versteht nicht, was Margret gesagt hat, deshalb wendet er sich zu ihr:

»Wie bitte?«

»Stäbcher, dat sin klene Penncher us Holz«, versucht Margret zu erklären.

»Was sind das?«, will er wissen.

»Also, das sind kleine Holzstöckchen«, ergänzt Margret. Der Kapitän und Dücker schauen sie erstaunt an und Dücker meint nachdenklich:

»Revoluzzer un Holzpenncher, esch wees nit.«

Als sie zum Tisch der Unternehmer hinüber schauen, sehen sie, wie Salm ein Notizenheft aus seiner Reisetasche hervorholt.

»Schnell widder e rüvver, un luustere«, fordert Dücker seine Kellnerin auf.

»Meine Herren«, versucht Salm die Aufmerksamkeit auf sich zu lenken, »der Stäbchenhobel ist der eine Teil meiner Idee. Der andere, der weitaus wichtigere, steht hier in diesen Notizen. Es ist ein Rezept über die Zusammensetzung einer genialen Zündmasse. Die Stäbchen und die Zünd-masse werden die Welt revolutionieren.«

Margret ist erschrocken. Sie dreht sich um und geht ge-dankenschwer zur Theke zurück.

»Wat es«, fragt Dücker aufgeregt. Langsam und bedächtig antwortet sie:

»Dä well met Für revolutionieren.«

»Ich hatte also recht«, triumphiert der Kapitän, »er ist doch ein Revoluzzer.«

Die Familie von Kapitän De Jong ist seit Jahren Mitglied im Beurtschifffahrtsverein Rotterdam. Die Mitglieder be-sitzen ausnahmslos Segelfrachtschiffe und bieten regelmä-ßigen Fracht- und Personenverkehr zwischen Rotterdam und Köln an. Sie legen Wert auf feste Frachtsätze und pünktliche Abfahrtszeiten. Die Frachtaufträge werden gleichmäßig auf die Mitglieder verteilt, so dass jedes Mit-glied auch ein geregeltes Einkommen hat. Die Revolutionäre propagieren die Freiheit auf allen Gebieten, so auch die Gewerbefreiheit und die Freiheit des Wettbewerbs. Die gildenmäßig organisierten Beurtschifffahrtsvereine sind daher in ihrer Existenz bedroht. Er und seine Vereinskollegen stemmen sich vehement gegen die Forderung der Revolutionäre.

»Wir müssen herausbekommen, was er vorhat«, wendet er sich an die Kellnerin und fügt nachdenklich hinzu, »der Segelfrachter gehört meinen Eltern. Was wir erwirtschaften, reicht gerade, um die Familie zu ernähren. Die meisten Beurtschiffer besitzen vier oder fünf Frachter. Wenn der Verein aufgelöst wird, schnappen diese Leute die besten Aufträge weg. Für uns bleiben dann nur die Billigfahrten oder der Massengütertransport.«

Margret überrascht seine Offenheit. Sie fühlt, wie bedrohlich es werden kann, wenn sich die Revolutionäre durchsetzen. Sie nimmt seine Hand, schaut ihn entschlossen an und flüstert:

»Esch jläuv, du häs räch, och mir kumme jrad su zeräch. Minge Vatter ärbed em Hafe un hät schon e paarmol ühre Frachter jelösch und belade. Ming Mutter ärbed nevvenan om Buurehoff. Un mer wonne en nem ärch kleene Hus en der Bottermilchsjass. Esch wees, wie dat es, wenn mer immer luure muss, op et jet ze esse jütt. Un jän wöd esch ens anjere Minsche un anjere Länder kenneliere. Esch dun d'r helpe.« Unerwartet findet der Kapitän in der Kellnerin eine Mitstreiterin.

»Hast du eine Idee, wie wir es anfassen sollen?«, fragt er.

Da ist er bei Margret an der richtigen Stelle.

»Du kannst doch secher lesse und schrieve. Wenn dä sing Notzboch widder en de Täsch det, dann maache mer e bes-je Tumult, esch stibitze dat Booch un jevv et dir. Du jehst en de Köch un luurs noh, wat dä opjeschrevve hät, un wenn du fähdisch bes, dunn esch dat Booch widder in die Täsch zoröck läje.« Diese Spontanität der jungen Frau gefällt De Jong. Er nimmt ihre Hände, drückt fest und entschlossen zu: »So machen wir das.«

Ein weiterer Gast betritt den Schankraum. Es ist der Spediteur Anton Schöller. Er transportiert gefährliche Güter für die Pulvermühlen im Helenental nahe bei Altenberg. Hier wird Schwarzpulver hergestellt, das für die Produktion von Waffen benötigt wird. Im Hitdorfer Hafen soll er Salpeter und Schwefel laden, chemische Stoffe, die beim Mischen von Schwarzpulver benötigt werden. Drei lange Tage hat er gebraucht, um mit seinem Fuhrwerk den langen Weg zurückzulegen. Unterwegs hat es geregnet und gestürmt. Er fühlt sich wie gerädert. Daher freut er sich auf einen Schoppen Pabstmann Bier.

»Guten Abend miteinander«, grüßt Schöller die Anwesenden.

»Ach, d'r Speditör usem Bergische. Wat soll et sin? E lecker Bier un e jenöchlich Nachtquartier«, begrüßt ihn der Gastwirt Dücker und erhält als Antwort.

»Sehr wohl, mein lieber Dücker.« Beide kennen sich schon seit Jahren und Dücker schätzt die gefährliche Arbeit, der Schöller nachgeht. Er strahlt stets etwas Explosives aus, doch heute wirkt er müde und abgespannt.

»Sagen Sie, Dücker, wäre es möglich, den Kamin anzumachen, ich fühl mich im Moment verdammt unwohl.« Er nimmt seinen Humpen und setzt sich mit De Jong an einen Tisch.

Dücker verschwindet mit der Bemerkung:

»Esch hol jrad noch d'r Fürstohl un jet Zunder, dann maache mer dä Kamin an.«

»Sie hatten offenbar eine anstrengende Reise«, beginnt De Jong die Unterhaltung.

»Die Straßen sind schlecht. Ich folge gerne dem Weg über Odenthal, Schlebusch und Schlebuschrath, etwa wie die

Dhünn verläuft. Bei Rheindorf in der Nähe vom Wambacher Hof bildet sich eine Furt und da kann man gut die Wupper durchqueren.« Schöller nimmt einen satten Schluck aus seinem Hupen.

»Da ich meinen Planwagen mit dem großen ›P‹ gekennzeichnet habe, was für Pulvertransport steht, bleibe ich weitgehend ungestört von den Kontrollen der Landgendarmerie.«

»Haben sie also etwas für meine Freunde in Kripp mitgebracht?« Es handelt sich um eine neuartige Feuerwaffe, die De Jong vorbei an den Kontrollen zu den Rheinhalfen in Kripp transportieren soll.

Als Schöller auf die Frage eingehen will, kommt Dücker mit Feuerstein, Feuereisen und Zunder in den Schankraum zurück. Er geht zum Kamin, schichtet einige Scheite Holz übereinander, legt den Zunder unter das Holz und beginnt, mit dem Feuereisen Funken aus dem Feuerstein zu schlagen ohne den gewünschten Erfolg. Ratlos schaut er zu seinen Gästen auf, als wenn er fragen wolle, kann mir jemand helfen?

Salm hat verfolgt, wie sich der Gastwirt abmüht, um das Feuer anzuzünden. Er greift in seine Tasche und holt ein hölzernes Stäbchen mit einem weißen Köpfchen hervor, geht zum Kamin und deklariert pathetisch:

»Verehrter Herr Dücker, Sie gestatten, dass ich Ihnen helfe. Das hier ist ein Streichzündhölzchen. Damit werde ich jetzt das Holz hier im Kamin anzünden.« Er hält das Hölzchen hoch, damit es alle sehen können, dann streicht er damit über die Tischplatte und sofort bildet sich am Kopf des Stäbchens eine kleine Flamme.

»Ooh!« Erschreckt weichen Dücker und Margret zurück. Schützend hält Salm eine Hand hinter die Flamme und geht damit zum Kamin und zündet den Zunder an. Der beginnt sofort zu lodern und schon knistert das Holz.

»Ooh jeh!« Die Gäste sind fassungslos. Pabstmann und Dorff springen auf, ihre Stühle fallen um, sie kommen zum Kamin, um eine Erklärung für diesen außergewöhnlichen Vorgang zu finden. Auch De Jong und Schöller hält es nicht auf ihren Plätzen.

In der allgemeinen Verwirrung behält Margret die Übersicht. Sie geht zu den umgekippten Stühlen, richtet sie wieder auf und greift dabei in die Reisetasche von Salm, nimmt das Notizbuch heraus, geht gelassen zu De Jong und drückt ihm das Buch in die Hand. Beide tauschen die Plätze und De Jong verschwindet unbemerkt in der Küche.

Das Holz hat schon Feuer gefangen und verbreitet eine wohlige Wärme. Alle schauen auf Salm, der ein kleines Stäbchen mit einem nunmehr schwarzen abgebrannten Köpfchen in der Hand hält. Er verspürt die Aufmerksamkeit der anwesenden Gäste und beginnt zu erklären:

»Das, meine Damen und Herren, habe ich auf meiner Wanderschaft als Nagelschmied in der Stadt Ludwigsburg kennen gelernt. Hier lebt der bekannte Chemiker Johann Friedrich Kammerer, der mit leicht entzündlichen Stoffen geforscht hat und fündig geworden ist. Er hat mir diese präparierten Stäbchen überlassen.« Damit wirft er das abgebrannte Stäbchen in das schon lodernde Feuer.

Margret erfasst die Situation am schnellsten, denn Salm möchte aus seiner Tasche ein weiteres Streichzündhölzchen herausholen. Sie stößt Dücker an:

»Maach jet, bevür dä an sing Täsch jeht.« Dücker schaltet sofort und stößt heraus:

»Öm Joddeswelle, dat es jo Alchemisten Werk, nä dat es sujar Teufelszeuch.« Er hält Salm am Arm fest und hindert ihn so, an seinen Tisch zurück zu gehen.

»Aber, Herr Dücker, ich bitte Sie«, empört sich Salm.

In der Küche schlägt De Jong das Notizbuch von Salm auf.

Dann liest er verwundert:

»Zum Anrichten der Zündmasse benötigt man weißen Phosphor und chlorsaures Kalium. Man vermischt die Chemikalien vorsichtig mit Leim, tunkt die Holzstäbchen in diese Masse und lässt sie trocknen.« Ohne lange zu überlegen, schreibt er die drei Bestandteile der Zündmasse auf einen Zettel. Dann kehrt er, das Notizbuch auf dem Rücken haltend, in den Schankraum zurück.

Margret, die ihn beobachtet, wendet sich ab von der heftigen Diskussion zwischen Dücker, Salm und den Gästen:

»Dücker, wie kommen Sie dann auf diese Idee?«, mischt sich Pabstmann ein.

»Für weed us däm Steen jeschlare. Alles anjere es jejen de Natur d'r Dinge«, argumentiert Dücker.

»Sagen Sie, Herr Salm, ich habe Ihren Namen hoffentlich richtig verstanden, wie setzt sich die Zündmasse zusammen, was sind es für Mittel?«, will Pabstmann wissen.

»Meine Herren, beruhigen Sie sich wieder«, beginnt Salm aufs Neue: »Es handelt sich um ganz einfache in der Natur vorkommende Materien. Diese Materialien werden schon lange abgebaut und in vielfältiger Weise benutzt. Die Zusammensetzung ist von Bedeutung. Es handelt sich auf keinen Fall um Teufelszeug.« Dücker lässt sich nicht überzeugen, aufgeregt gestikulierend geht er an den Gästen vorbei und stellt sich vor den Kamin:

»Du kanns mer jet verzälle. Met ner offenen Flamm durch de Stuvv ze loofe, sech wohmöjlich de Fenger verbrenne. Dat brennende Pennche es un bliev jeföhrlich, un et es Teufelszeuch «. Salm und die Gäste wenden sich ihm zu.

Diesen Augenblick nutzt Margret und legt das Notizbuch in Salms Reisetasche zurück. Niemand hat es bemerkt. Sie stellt sich wieder zu den Gästen und gibt durch ein leichtes Kopfnicken Dücker ein Zeichen, dass er seine vorgetäuschten Ängste abbrechen kann.

»Na ja«, lässt sich Salm ein: »Wer ungeschickt ist, der verbrennt sich die Finger. Aber man kann jeder Zeit das Flämmchen ausblasen. Dann ist die Gefahr vorbei«. Mit diesen Worten geht er aufgebracht zu seinem Tisch und trinkt erbost einen kräftigen Schluck aus seinem Humpen.

Pabstmann und Dorff kommen ebenfalls zum Tisch zurück und bemerken, dass Salm innerlich vor Empörung zittert.

»Nun nehmen Sie die Bemerkungen vom Dücker mal nicht so ernst. Die Leute bezeichnen gerne mal das, was sie nicht kennen, als Teufelszeug«, versucht Pabstmann Salm zu beruhigen.

»Und gerade Feuer verbinden die Menschen gerne direkt mit der Hölle«, ergänzt Dorff.

»Sie sehen sich im Feuer schmoren und Höllenqualen erleiden. Alles Aberglaube«, fügt Pabstmann hinzu. Die wohlmeinenden Worte beruhigen Salm allerdings nicht.

»Die Leute haben offensichtlich nicht begriffen, was ich ihnen gezeigt habe. Das umständliche Feueranzünden mit Feuereisen, Feuerstein und Zunder ist vorbei. Dieses kleine Hölzchen wird das Feuermachen revolutionieren, weil die Handhabung einfach genial und problemlos ist. Sie haben es ja alle gesehen, ein leichter Strich über den Tisch und schon ist ein Flämmchen da, und man kann Kerzen, Lampen und schließlich Holz im Kamin anzünden. Man wird es tausendfach, ja, millionenfach herstellen müssen. Die Menschen werden sich danach reißen.«

Dorff hat aufmerksam zugehört und sich gefragt, ob Salm genügend Finanzmittel besitzt, um eine Manufaktur für seine neuartigen Streichzündhölzer aufzubauen. Er nimmt sich vor, später mit ihm ein Gespräch unter vier Augen zu führen. Vielleicht ist das Geld bei Salm besser angelegt als bei der Dampfschleppschifffahrts-Gesellschaft in Köln.

An der Theke stecken Margret, De Jong und Schöller ihre Köpfe zusammen. Sie überlegen, wie Salm einzuschätzen ist.

»Ihr hat et jehoot. Dä well jet revolutioniere. Süch doch ens, wie dä Käl ussüht«, fängt Margret an.

»Ich bin mir nicht sicher, ob ich dir folgen kann«, stellt Schöller fest, »er hat etwas völlig Neues gezeigt, was auch ich bisher noch nicht gesehen habe.«

»Kunnst du dann jet us däm Noitzbooch avvschrieve«, wendet sich Margret an De Jong.

»Ja, das habe ich gemacht. Aber ich kann nix damit anfangen. Das sind bestimmt chemische Produkte. Hier lest mal!«. Damit holt er den Zettel aus seiner Hosentasche und gibt ihn an Schöller weiter. Schöller liest leise,

»weißer Phosphor, chlorsaures Kalium und Leim für die Zündmasse«, er überlegt einen Augenblick und entscheidet für sich:

»Das ist kein Revoluzzer, der sieht nur so aus, das ist ein Erfinder«.

»Was hat der dann erfunden? Ich habe ja seine Vorführung nicht gesehen«, fragt De Jong.

»Der hat eine Stäbchen über den Tisch gezogen und damit eine Flamme erzeugt, weil offensichtlich am Kopf des Stäbchen etwas Explosives angeklebt war«, erklärt Schöller.

»Ja, su wor et, dat jing schrumm un schon wor dat Pennche am brenne. Dann es dä an dä Zunder jejanje, un dann kunnste ens sin, wie dä Zunder tirek an ze brenne fing«, stellt Margret begeistert fest.

»Dann habe ich aus seinem Notizbuch die drei Bestandteile für die Herstellung der Zündmasse abgeschrieben«, dämmert es De Jong und Margret erkennt sofort:

»Ja, dat kann jot sin, ävver wenn dat su es, dann künne mer su e Strich-Spönche jo och selver maache.«

– Kapitel 2 –

Verhaftung

Mit lautem Stampfen und Fauchen kündigt sich das erwartete Dampfschiff mit Kapitän Brembs an. Das Platschen und Klatschen der riesigen Wasserräder lässt die Gäste im Schankraum aufmerksam werden. Schließlich ertönt ein schriller, lauter Pfeifton.

»Hä es anjekumme«, informiert Dücker seine Gäste, obwohl es jeder bereits wahrgenommen hat. Pabstmann rückt näher zu Salm, um ihn über das ankommende Schiff aufzuklären.

»Es ist die ›Concordia‹, ein Passagier-Dampfschiff. Der Kapitän kommt hier aus Hitdorf. Seine Vorfahren haben früher ein sogenanntes Marktschiff gefahren. Sein Name ist Laurentz Brembs. Sie sollten ihn kennenlernen«.

»Ja, gerne«, Salm ist interessiert und denkt: »Vielleicht kann mir dieser Brembs die Rohstoffe für die Reibhölzer heranschaffen.«

»Dann sollten wir unseren Umtrunk unterbrechen, zur Landbrücke gehen und dem Kapitän unsere Aufwartung machen«. Er steht auf und wendet sich Dorff zu:

»Wenn Sie auch Interesse an der neusten Dampfschifftechnik haben, lade ich Sie ein mitzukommen. Sie werden staunen«. Pabstmann, Dorff und Salm, der seine Tasche unter den Arm nimmt, verlassen den Schankraum.

»Willi, halt die Stellung. Wir sind gleich wieder zurück«, wendet sich Salm an seinen Freund im Herausgehen.

Missgünstig schaut De Jong den Herren, die gerade den Schankraum verlassen, nach.

»Ja, seht euch nur dieses dampfende und stinkende Monster an. Euch sollte man den Garaus machen. Ihr wollt uns Treidler vertreiben. Wir müssen unbedingt was tun.« Schöller schaut ihn nachdenklich an:

»Buertschiffer und Treidler sind doch hervorragend organisiert. Da muss sich doch was machen lassen.«

Da fällt De Jong ein, dass Schöller etwas von einer Feuerwaffe erzählen wollte. Da sich Margret und Dücker von ihrem Tisch entfernt haben, fragt er Schöller:

»Sie sprachen eben von einer Feuerwaffe. Was hat es damit auf sich?«

»Nicht so laut, niemand darf davon erfahren. Es handelt sich um eine neuartige Feuerwaffe, die von«, am Nachbartisch wird Schiefer hellhörig, »der preußischen Armee getestet wird. Wir sollten unter einem Vorwand das Lokal verlassen und zu meinem Fuhrwerk gehen. Dort zeige ich Ihnen ein Probierexemplar.« In diesem Moment steht Schiefer auf, er hat genug gehört. Für eine Anzeige bei der Landgendarmerie müsste es reichen. Unauffällig verlässt er den Bergischen Hof.

Margret kommt zum Tisch zurück:

»Dä Dücker kann met dä fremde Wöder och nix anfange. Kann ener von üch jet sare?« Schöller hat durch den Fuhrdienst für die Pulvermühlen auch schon so manches Alchemisten Zeug transportiert. Er kennt Kalisalpeter und überlegt:

»Kalisalpeter ist nichts anders als Kalium mit Salz, wir holen es aus dem Hotzenwald im südlichen Schwarzwald. Dort gibt es die besten Salpeterer. Man vermengt dort Abfälle, wie Dung und Harn, mit Kalk und Pottasche und lässt diese in Erdhaufen verwesen. Dabei entsteht Salpeter.«

»Das ist also der Salpeter, der bei euch in den Pulvermühlen zu Schießpulver verarbeitet wird?«, fragt De Jong.

»Ja, so ist es«, erklärt Schöller weiter, »aber der Franzose Berthollet hat vor einigen Jahren etwas Neues entdeckt. Er hatte die Idee, das chlorsaures Kalium als Ersatz von Kalisalpeter zur Herstellung eines neuen Schießpulvers zu verwenden, da diese Chemikalie wesentlich explosiver als der Salpeter ist. Und in dem Fässchen, das Sie für mich mitgebracht haben, steckt dieses neue Produkt.«

»Richtig, das kleine Fässchen kommt ja nicht aus dem Schwarzwald, sondern von einem Chemikanten aus Rotterdam. Und was ist mit dem andern Rohstoff? Können Sie darüber auch etwas sagen?«

»Ja, das ist einfach. Es handelt sich nämlich um weißen Phosphor und der ist in Guano-Dünger enthalten«. De Jong fängt an zu kombinieren:

»Der Dünger wird auf Felder aufgebracht. Dann müsste doch auch der Bauer Berg dieses Zeug einsetzen. Dann hätten wir die Rohstoffe für die Zündmasse beisammen und könnten ein Experiment starten. Wir sollten uns einmal mit ihm unterhalten«, und so, dass es Margret nicht mitbekommt, flüstert er Schöller zu:

»Bei der Gelegenheit können Sie mir dann auch die neue Waffe zeigen«.

Beide bezahlen bei Margret ihren Verzehr und verabschieden sich vom Gastwirt Dücker. De Jong verspürt ein wenig Zuneigung zu Margret, er möchte sie näher kennenlernen, deshalb sagt er zu ihr:

»Bis gleich«.

Gut gelaunt betreten Pabstmann, Dorff und Salm wieder den Schankraum.

»Das war eine eindrucksvolle Demonstration«, stellt Dorff fest, als sie an ihrem Tisch wieder Platz nehmen.

»Es ist erstaunlich, welche Kraft auf die gewaltigen Wasserräder übertragen wird«, schließt sich Salm an. Pabstmann besitzt viel Sympathie für die neue Technik.

»Wichtig für den Antrieb ist die Qualität der Kohle. So hat man festgestellt, dass die Lütticher Kohle tatsächlich eine bessere Leistung als die Ruhrkohle hervorbringt. Das nur so nebenbei. Ich schlage vor, dass wir gemeinsam etwas essen. Ich lade sie ein.«

»Das ist sehr freundlich von Ihnen«, entgegen Dorff und Salm.

»Dücker«, ruft Pabstmann dem Gastwirt zu, »was gibt es heute bei Ihnen Gutes zu essen?«

»Momentchen, die Häre«, damit wendet er sich zur Küchentür, »es noch jenuch do?«

Aus der Küche hört man ein deutliches

»Joo!« Dücker kommt zum Tisch und präsentiert:

»Et jütt hück Bottermilchs-Bunne!«

»Wie bitte?«, fragt Salm erstaunt.

»Also, die Häre, dat sin jröne Bunne, jekochte Ädäppel,
Öllich un Bottermilch. E lecker Ovendesse«.

»Ohne Fleisch?«, will Salm wissen.

»Flesch, leeven Här, jitt et bei uns nur emol en d'r Woch
un dat es nit hück«, stellt Dücker in energischem Ton fest.

»Ja, einverstanden, dann dreimal Buttermilch-Bohnen«,
bestellt Pabstmann bei Dücker.

In der Zwischenzeit sind Schöller und De Jong auf dem
Hof der Familie Berg angekommen. Sie gehen zum Geräteschuppen, wo Schöller sein Fuhrwerk untergestellt hat.
An der Türe schaut er sich um, ob sie unbeobachtet sind,
dann schlägt er die Plane mit dem großen ›P‹ zurück und
kramt eine längliche Kiste hervor. Er öffnet das Schloss,
hebt den Deckel an und nimmt die in ein Tuch gewickelte
Feuerwaffe heraus.

»Das ist ein Zündnadelgewehr. Die neuste Entwicklung. Ein sogenannter Hinterlader«, flüstert Schöller.

»Wie darf man das verstehen?«, fragt De Jong.

»Sehen Sie hier, hinter dem Lauf befindet sich eine Kammer. In diese Kammer wird eine eigens konstruierte Patrone eingelegt.«

»Der Schütze braucht das Gewehr nicht mehr aufzurichten, um es zu laden. Er kann also in der Deckung bleiben und jeweils eine neue Patrone in die Kammer einlegen«, folgert De Jong.

»Ja, so ist es, die Patrone besitzt hinten ein Zündhütchen. Die Zündnadel trifft nun mit Wucht auf das Zündhütchen und löst damit den Schuss aus.«

»Wer hat die Waffe konstruiert?«, will De Jong wissen.

»Es ist ein gewisser Herr Dreyse aus Thüringen, aber die Mischung für die Zündhütchen stellen unsere Pulvermühlen im Helenental her.«

»Und dabei wird genau das chlorsaure Kalium eingesetzt, was dieser Herr Salm für seine Streichzündhölzchen braucht. Was für ein Zufall«, folgert De Jong weiter.

Der Spediteur Schöller schaut De Jong nachdenklich an. Er hat die Feuerwaffe an den Kontrollen der Landgendarmerie vorbei geschmuggelt und er weiß, dass es kein legales Geschäft geben wird, wenn weitere Gewehre beschafft werden sollen. Deshalb fragt er:

»Verraten Sie mir, zu welchem Zweck Sie die neuartige Feuerwaffe einsetzen wollen?« De Jong hat mit dieser Frage zu irgendeinem Zeitpunkt gerechnet. Es geht ihm um die Sorgen der Rheinhalfen. Es besteht inzwischen eine große Feindseligkeit zwischen Halfen und Dampfschiffern.

»Ich bin mir nicht sicher, ob Sie von der Existenzangst der Rheinhalfen gehört haben. Ärger und Verdruss macht sich in ihren Reihen breit. Nun hat sich die Situation noch verschärft, weil die Zechenbesitzer Haniel und Stinnes zum

Transport ihrer Kohleschiffe starke Schleppdampfer einsetzen. Die aufgebrachten Rheinhalfen wollen nun zu den Waffen greifen.«

»Es ist schwer zu beurteilen, ob eine bewaffnete Auseinandersetzung für die Halfen erfolgreich sein wird. Glauben Sie denn, dass die Halfen mit solchen Feuerwaffen umgehen können?«, will Schöller wissen.

»Ich werde sie fragen«, antwortet De Jong, »morgenfrüh kontrolliert der Hafenmeister die Ladung auf meinem Schiff, danach bringen wir die Kiste mit der Waffe an Bord. Ich denke, dass ich bei Kripp auf die entscheidenden Leute treffen werde.«

Es klopft. Schnell verstaut Schöller die Feuerwaffe wieder in der Kiste. Dann geht er und öffnet vorsichtig die Tür. Der Bauer Berg kommt herein. In der Hand hält er einen Eimer mit Dünger.

»Na die Häre, wer von üch wollt d'r Juano han? Esch han hie e Ämmersche metjebraat. Ävver Vorsicht, dä es schärp, dä muss jot verdehlt wäde.« Indem er das erklärt, wirft er einen Blick auf die am Fuhrwerk angelehnte Kiste. De Jong bemerkt seine Neugier und versucht ihn abzulenken: »Herr Berg, also wir haben ein Experiment vor. Dafür brauchen wir weißen Phosphor. Und wir haben gehört, dass der Juano diese Substanz enthält.« Berg, der vorhatte zu fragen, was sich in der Kiste befindet, hebt stolz seine Stimme:

»Für die Pflanzendüngung es d'r Phosphor unentbehrlich, dä em Juano drenn es. Un jewonne wöd dä ovven an d'r Küste. Wenn die Vüjjel, die do eröm fleje, drieße, dann deet mer die Höfjer schön opsammele und drüe. Wenn mer dat op et Feld deet, muss mer et jroßzüjich verdehle söns verbrenne de Plante.«

»Ja, und wie ist das mit dem Phosphor?«, will De Jong wissen.

»Wenn de ens hie en dä Ämmer luurs«, beide beugen sich über den Eimer,

»dann sühste su kleene jelle Knübbelcher, dat sin Phosphor-Knübbelcher.« Schöller und De Jong haben den zweiten Bestandteil für ihr Experiment gefunden. Begeistert nehmen sie den Eimer und lenken Berg ab, nochmal auf die Kiste zu schauen, verabschieden ihn und verlassen ebenfalls den Geräteschuppen.

Dücker serviert die Bottermilchs-Bunne in einem Teller garniert mit frisch gehackten Zwiebeln, die der säuerlichen Buttermilch eine zusätzliche Schärfe geben, die durch die zarten grünen Strauchböhnchen nur leicht gemildert wird. Salm hat dieses typisch rheinische Gericht lange nicht mehr gegessen. Er genießt den Geschmack der Zutaten, die sich auf seiner Zunge versammeln. Seine Freude über das gute Gespräch mit dem Kapitän des Dampfschiffes wird durch diesen herzhaften Eintopf verstärkt. Hat er doch mit ihm den Transport der notwendigen und gefährlichen Rohstoffe für seine Streichzündholz-Produktion vereinbaren können. Der Transport mit dem Dampfschiff kostet zwar etwas mehr als mit dem Segelfrachter, dafür dauert die Transportzeit nur wenige Tage.

»Ich sehe, es schmeckt Ihnen vorzüglich«, stellt Pabstmann fest.

»Ja, es schmeckt ausgezeichnet, da werden Kindheitserinnerungen wach. Im Württembergisch isst man ganz anders«, entgegnet Salm. Dann fügt er hinzu:

»Wissen Sie, ich konnte mit dem Kapitän ein gutes Gespräch über den Rohstoff-Transport führen. Mit dem Dampfschiff geht es ja schneller als mit einem Segelfrachter, und die Kosten sind erträglich. Bei dem weiteren Rohstoff, dem Holz, kann mir sicher der Herr Dorff weiterhelfen.«

»An welche Holzart denken Sie? Wir verarbeiten in unserem Sägewerk hauptsächlich Harthölzer zu Bauholz, also Balken und Bretter für den Hausbau. Wir nehmen das Holz den Flößern ab, die mit ihren Flößen vom Mittelrhein, etwa von Namedy, nach Holland fahren«, erläutert Dorff. Salm überlegt einen Augenblick:

»Hartholz, also Eiche oder Buche, sind für die Zündholzherstellung nicht geeignet. Zur Herstellung der runden Stäbchen eignet sich am besten junges Fichten- oder Tannenholz. Sehen Sie hier«, er nimmt das Hobeleisen aus seiner Tasche und zeigt auf das Hobelmesser mit den fünf röhrchenförmige Löchern, »das Holz wird durch das Hobeleisen gepresst. Durch diese Pressung erhalten die Stäbchen ein festeres Gefüge und sind weniger porös. Die Zündmasse dringt nicht in das Holz ein, sie haftet quasi oben auf den Stäbchen.« Dabei greift er erneut in seine Tasche, holt ein weiteres Zündhölzchen hervor und zeigt es seinen Tischnachbarn.

In diesem Moment betreten drei Offiziere der Königlich Preußischen Landgendarmerie den Schankraum.

»Gendarm Meyer! Den Eingang besetzen. Niemand verlässt den Schankraum, und niemand wird herein gelassen«, kommandiert der Hauptwachtmeister.

»Gendarm Kunze, Sie führen mir den Gastwirt vor!« Die Anwesenden vernehmen ein kurzes

»Jawoll!« Dann schreitet der Gendarm Kunze auf den erschreckten Dücker zu:

»Sind Sie der Wirt?« Dücker bringt nur ein zaghaftes

»Ja« hervor.

»Mitkommen«, fordert er den Wirt auf. Als sie bei dem Kommandoführer ankommen, berichtet Kunze:

»Herr Hauptwachtmeister, der Gastwirt.«

»Gestatten«, er schlägt die Hacken zusammen, »von Schleinitz, Hauptwachtmeister der Königlich Preußischen Landgendarmerie. Wie ist Ihr Name?« Verstört antwortet der Wirt:

»Dücker.«

»Also, Gastwirt Dücker, uns ist zugetragen worden, dass sich unter ihren Gästen jemand befindet, der eine Feuerwaffe besitzt!«

»Jo, leven Här, mer«, stottert Dücker vor Aufregung, »mer, mer wees et nit.« Da mischt sich Margret ein:

»Herr Hauptkommandeur, esch wees nit, op mer vür su jet Waffe sare kann, ävver dä do em schwaze Wöbche kann met nem Spönche, mit einem Hölzchen, üvverall Für maache. Dat jeht ratsch, un dann fängk et an ze brenne. Luuren Se ens, dä hätt dat Denge och jrad om Desch lijje.«

»Feuer überall, das geht ja gar nicht. Die öffentliche Sicherheit ist gefährdet, das Hab und Gut der Untertanen seiner Königlich Preußischen Majestät und die Untertanen selbst. Wo soll das hinführen?«

»Und die Armee seiner Königlich Preußischen Majestät ebenfalls«, wirft Kunze ein.

»Gendarm Kunze, es ist Gefahr im Verzuge, den Mann sofort festnehmen!« Beide schreiten zum Tisch, an dem Salm sitzt.

»Sind sie der Mann, der Feuer machen kann?«, fragt von Schleinitz.

»Ja, selbstverständlich, soll ich Ihnen mal zeigen, wie das geht?« Mit diesen Worten nimmt Salm das Streichzündholz in die Hand und holt aus.

»Sofort aufhören!«, befiehlt von Schleinitz, »Sie sind festgenommen wegen erheblicher Störung der öffentlichen Sicherheit und zum Schutz der Untertanen seiner Königlich Preußischen Majestät. Gendarm Kunze, die Handschellen! Abführen!« Widerwillig lässt sich Salm die Handschellen anlegen, dann führt ihn Kunze mit einem groben Griff zur Tür.

Dort kommen ihnen De Jong und Schöller, der einen Eimer mit Mist trägt, entgegen. Im Gedränge an der Tür bemerkt von Schleinitz den Eimer mit einem für ihn undefinierbaren Inhalt.

»Halt! Stehen bleiben!«, befiehlt von Schleinitz, »Sie mit dem Eimer, zu mir!« Schöller guckt ihn verständnislos an.

»Was beinhaltet dieser Eimer?«, will von Schleinitz wissen.

Schöller antwortet überzeugend:

»Mist, Herr Hauptwachmeister.«

»In Ordnung, keine Gefahr, weitermachen!«, stellt von Schleinitz zufrieden fest.

– Kapitel 3 –

Vernehmung

Am nächsten Morgen zieht der Gastwirt Dücker nicht nur ein frisches weißes Hemd mit Stehkragen an, er nimmt auch die gelbe Weste, den blauen Frack und den hohen Zylinder aus dem Kleiderschrank, kämmt sein leicht rötliches Haar sorgfältig und macht sich auf den Weg zum Quartier der Landgendarmerie. Von Schleinitz hatte ihn gebeten, heute so früh wie möglich zwecks einer Einvernehmung bei der Gendarmerie zu erscheinen. In der neben der Gastwirtschaft gelegenen Schmiede klingt schon der Amboss. Ein Treidelpferd bekommt neue Hufe. Es zischt, qualmt und riecht nach verbranntem Horn. Hafenarbeiter schleppen Säcke und Ballen an Bord der Segelfrachter und lassen diese im Bauch der Schiffe verschwinden. Das große Tor am Bauernhof der Familie Berg öffnet sich und heraus tritt Schöller, der einen mit einer länglichen Kiste beladenen Karren schiebt. Es ist ihm sichtlich unangenehm, dem Gastwirt Dücker zu begegnen, daher grüßt er ihn auch nur kurz mit:

»Guten Tag, Dücker«, dann geht er schnell weiter. ›Wat hät dä dann?‹ denkt Dücker und will vorbei an der Bottermilchsjass gehen, wo ihm schon am frühen Morgen der typische milchtöpfige Geruch entgegen strömt, als er beobachtet, wie im kleinen Haus von Odenthals ein breitschultriger Mann mit langem braunen Mantel und breitkrempigem Hut aus der Tür tritt. Der Mann schultert eine offensichtlich schwere Kiepe und kommt auf ihn zu.

»Guten Tag, der Herr Dücker«, grüßt ihn der Hausierer. Erst als er vor ihm steht, erkennt Dücker den Zunderverkäufer Wilhelm Knappe aus der Gemeinde Fredeburg.

»Och, d'r Zundermann us däm Sauerland!« Dücker freut sich, den Schwammklöpper, der regelmäßig im Herbst nach Hitdorf kommt und den feinsten Zunder anbietet, wieder zu sehen.

»Saren se, Knappe, wat jütt et Neues, wor de Ernte jut?«, will Dücker wissen.

»Also, die Schwämme in unseren Wäldern waren von hervorragender Qualität. Leichte, ja weiche Zunderstreifen haben wir daraus kloppen können. Und jetzt haben wir entdeckt, dass unserer Zunder sogar heilende Wirkung besitzt.«

»Saren se blos!«, entgegnet Dücker erstaunt. Er kann nicht so recht glauben, was der Schwammklöpper da behauptet.

»Ja, er wird von Barbieren und Badern als blutstillendes Mittel eingesetzt und auch Apotheker haben ihn schon gekauft«, erhält Dücker als Antwort.

»Los mech met däm neue Kroom en Rau. Esch han jenuch Ärjer«, wehrt Dücker ab.

»Wie kommt es dazu?«

»Han Se schon ens jet von Reibhölzer jehoot?« Knappe denkt einen Moment nach und fragt dann:

»Reibhölzer, zum Feuer anzünden?«

»Ja!«

»Also, gesehen habe ich noch keine, aber von der Feuergefahr habe ich gehört. Da sollen ja ganze Häuser abgebrannt sein.« Dücker fasst sich erschreckt an den Kopf.

»Sehn Se, un desweje muss esch zur Gendarmerie, wejen der Feuergefahr.«

»Dücker, tun Sie mir einen Gefallen? Erwähnen Sie bitte nicht, dass Sie mich getroffen haben. Die Gendarmen sind auch hinter uns Hausierern her. Wir haben keinen guten Stand.«

»Es jod! Un jet Zunder brenge Se en d'r Bergische Hof.« Mit der Bitte verabschieden sich beide. Neben der Bottermilchsjass befindet sich der Hof der Familie Blank, der Blankhof. Winand Blank nimmt seit einigen Jahren das Amt des Ortsvorstehers wahr. Die Gendarmerie hat sich auf seinem Hof einquartiert. Dücker geht auf das Hoftor zu und überlegt, was er wohl dem Offizier erzählen soll. War es wirklich so gefährlich, was dieser Salm in der Schankstube vorgeführt hat, war es ein Trick, wie ihn Gaukler auf Jahrmärkten vorführen? Hat der Schwammklöpper Recht? Ein unsicheres Gefühl beschleicht ihn. Er nimmt sich vor, bei seinem Eindruck von Salm zu bleiben, dann läutet er.

Die Frau des Ortsvorstehers, Josepha Blank, öffnet das Tor. »Och, d'r Herr Dücker, juten Morjen, do sin se ävver schon fröh op de Been. Kommen Se rein, der Herr von Schleinitz wartet schon auf Sie.« Dücker kennt die attraktive und redselige Frau des Ortsvorstehers. Sie trägt, obwohl es noch früh am Morgen ist, ein schulterfreies, tailliertes Kleid aus reiner Seide, die dunkeln Haare hat sie hochgesteckt und lustige Korkenzieherlocken rahmen das blasse Gesicht ein. Dücker folgt ihr wortlos zum Büro der Gendarmerie, während sie weiter auf ihn einredet:
»Der Herr von Schleinitz hat in unserer Bibliothek sein Dienstzimmer eingerichtet, dat litt tirek neben unserer Küche. Wenn der dann wat braucht, also ze essen oder ze trinken, hab ich et nit so weit. Ich sorch ja für den Herrn von Schleinitz. Wissen Sie, meine Mann lässt mich oft al-

lein. Der muss ja die Gemeinde in Düsseldorf und Opladen vertreten. Da bin ich froh, dat die Gendarmen auf dem Hof sind.« Das kann ich mir gut vorstellen, denkt sich Dücker, bei deinem Aussehen verdrehst du den Kerlen ganz schön den Kopf. Dann betritt er das Dienstzimmer.

»Morgen, Dücker«, begrüßt ihn der Offizier schneidig, »kommen Sie zu mir. Danke, Frau Blank.« Dücker setzt sich auf den Stuhl vor dem Schreibtisch des Offiziers. Der steht auf und beginnt die Vernehmung:

»Herr Dücker, Sie haben mitbekommen, dass wir diesen Salm wegen erheblicher Störung der öffentlichen Sicherheit festgenommen haben. Jetzt schildern Sie mir doch einmal, was sich im Schankraum Ihrer Gaststätte abgespielt hat.«

»Also, dat wor esu«, beginnt Dücker, »dä hät us singer Täsch e Pennche erus jeholt. Un dann hät dä esu jemaat«, Dücker beschreibt mit der rechten Hand über dem Schreibtisch einen großen Kreis,

»un dann wor dat Pennche am brenne.«

»Wie? Was brennt?«, fragt von Schleinitz, weil er mit dem Wort ›Pennche‹ nichts anfangen kann. Er geht zur Tür und ruft nach Frau Blank, die sofort neugierig das Dienstzimmer betritt.

»Frau Blank, Sie müssen mir helfen, ich verstehe nicht, was der Mann mir erzählt«, und zu Dücker gewandt,

»also wiederholen Sie Ihre Geschichte noch einmal.« Nachdem Dücker fertig ist, holt Frau Blank aus:

»Das ist Zauberei, Herr von Schleinitz. Mit dem Pennchen meint der Herr Dücker ein kleines Stück Holz, quasi einen Holzspan, wir sagen auch schon mal Spönchen.«

»Jo richtisch, Här Offizier, do wor tirek en offene Flamm un do met es dä durch dä janze Schankraum bes an d'r Kamin jejanjen, un hät et Für anjemaat. Su jet han esch noch nit jesin.« Bevor der Offizier die Vernehmung weiter führen kann, mischt sich erneut Frau Blank ein:

»Der Salm gehört bestimmt zum fahrenden Volk, Zauberer oder Gaukler, denen ist nicht zu trauen. Die machen einem wat vor, un wenn mer nit richtig aufpasst, han Se sich de Täsch vollgestopp. Ich rate zu äußerster Vorsicht, meine Herren.« Mit diesen Worten dreht sie sich um und verlässt das Dienstzimmer. Von Schleinitz will von Dücker noch wissen, mit wem sich Salm in der Gaststätte unterhalten hat. Er erfährt von ihm, dass es die Herren Pabstmann und Dorff waren. Dann verabschiedet er sich von Dücker und nimmt sich vor, diesen Herren auch einmal gehörig auf den Zahn zu fühlen, aber zuvor will er Salm vernehmen.

»Gendarme Kunze und Meyer, reinkommen!«, befiehlt von Schleinitz.

»Kunze, Sie holen mir den Arrestanten aus dem Gewahrsam zur Vernehmung hierher. Meyer, Sie gehen zu den Herren Pabstmann und Dorff und fordern beide auf, binnen einer Stunde im Quartier der Gendarmerie zwecks Einvernehmung vorstellig zu werden.« Mit einem militärischen Gruß verlassen die Gendarmen das Dienstzimmer. Frau Blank hat mitbekommen, wer da zur Vernehmung erscheinen soll. Schnell betritt sie das Dienstzimmer. Sie schließt die Tür, damit sie alleine sind, geht einen Schritt auf den Offizier zu und erregt fragt sie:

»Heinrich, Heinrich, ist dir bewusst, wenn du da vernehmen willst? Das sind die wichtigsten Bürger unserer Gemeinde.« Das vertraute ›Du‹ verwirrt von Schleinitz einen Augenblick, hatten sie es sich doch nur für ganz vertrauliche Gespräche vorbehalten. Doch in dieser Situation muss er dienstlich handeln ohne Rücksicht auf den Stand der Betroffenen.

»Josepha, ich bin Dir für den Hinweis sehr dankbar, aber ich bin auch für die öffentliche Sicherheit in der Gemeinde verantwortlich und ich muss wissen, was im Bergischen Hof vorgefallen ist. Ich werde die Herren sehr reserviert und zuvorkommend vernehmen. Das verspreche ich.« Gerade als sie das Dienstzimmer verlassen will, betritt der Gendarm Kunze, gefolgt von dem Arrestanten Salm, den Raum. Überrascht geht Frau Blank auf Salm zu und drückt ihm die Hand:

»Ja, is et möglich, d'r Bernhard, so sieht man sich wieder. Herr Offizier, das ist meine Kommunionspartner. Wir sind beide in der St. Stephanus Kapelle auf dem Buttermarkt zur ersten heiligen Kommunion gegangen. Da kannst du dich sicher auch noch dran erinnern, Bernhard!«

Salm fällt ein Stein vom Herzen, endlich trifft er auf jemand, der sich an ihn erinnert. Ja, das ist die Josepha, die neben ihm ging. Die hat sich aber herausgemacht, denkt er. Er erwidert den Händedruck:

»Natürlich, Josepha, beinah hätt ich dich nicht erkannt. Du hast dich aber heute herausgeputzt.«

»Sach mal, haben dich die Gendarmen etwa in Arrest genommen? Bis du ne Verbrecher? Wat haste gemacht?«, will Josepha wissen. Das geht dem Hauptwachmeister von Schleinitz dann doch zu weit:

»Jetzt ist aber mal Schluss hier mit Kommunion und Kapelle. Wo kommen wir dann hin? Ich möchte jetzt gerne den Arrestanten Salm vernehmen. Frau Blank und Gendarm Kunze verlassen Sie sofort mein Dienstzimmer.«

Der Gendarm Kunze salutiert mit einem kurzen

»Jawoll!« Josepha wirft den Kopf in den Nacken und ver-

ständnislos folgt sie ihm. Sie bleibt jedoch hinter der Tür

stehen, um zu horchen, wie die Vernehmung verläuft.

Nachdem Salm den Vorfall im Bergischen Hof geschildert

hat, schlägt er dem Offizier vor:

»Sie machen sich Sorge um die Feuergefahr, die von mei-

nen Streichzündhölzchen ausgehen soll. Herr Haupt-

wachmeister, ich sollte Ihnen besser einmal vorführen, wie

das Streichzündhölzchen funktioniert. Damit sie sich ein

Urteil bilden können.«

Von Schleinitz ist überrascht, aber auch neugierig auf eine

Vorführung:

»Wo soll das Experiment stattfinden?«

»Ja, hier, in Ihrem Dienstzimmer«, antwortet Salm, wobei

er in seine Tasche greift und ein Streichzündholz heraus-

holt.

»Um Gotteswillen«, der Offizier eilt zur Tür, reißt sie auf und ruft: »Kunze, Frau Blank, reinkommen und einen Eimer Wasser mitbringen!« Langsam gehend betritt Frau Blank das Zimmer, sie hat ihre Schultern mit einem roten Kaschmirschal bedeckt. Mit ernster Miene stellt sie sich vor die Herren:

»Ein Feuer-Experiment, hier in diesem Zimmer, im Hof des Ortsvorstehers Blank, und nur ein Eimer Wasser. Die Verantwortung tragen Sie, Herr von Schleinitz!« Salm erhebt sich und versucht sie zu beruhigen:

»Josepha, deine Angst ist völlig unbegründet. Vertrau mir.«

»Dann lass uns wenigstens ein Stoßgebet zum Heiligen Florian richten, dass er uns beistehe im Angesicht der Gefahr.« Sie faltet die Hände und blickt zum Himmel. Da Kunze mit einem Eimer Wasser kommt, fordert der Offizier Salm auf, das Experiment zu beginnen.

Salm nimmt das Zündholz, streicht über den Tisch und zeigt allen den brennenden Span.

»Jetzt zeige ich Ihnen auch, wie man die Flamme wieder löscht«, er holt tief Luft und bläst die Flamme aus.

»Das Experiment ist damit beendet«, erklärt er den staunenden Anwesenden.

Kunze stellt erleichtert den Eimer mit Wasser, den er zur Vorsicht in der Hand gehalten hatte, auf den Boden. Josepha schaut immer noch fasziniert auf den abgebrannten Span, den Salm in der Hand hält. Von Schleinitz versucht, seine Nervosität zu verbergen, denn er muss jetzt eine Entscheidung treffen. Geht von dem Streichzündhölzchen eine Gefahr aus oder nicht, lässt er Salm gehen oder setzt er ihn wieder fest? Er will Zeit gewinnen und in Ruhe darüber nachdenken, daher befiehlt er:

»Bevor ich eine Entscheidung fällen kann, müssen zuerst noch Zeugen vernommen werden. Kunze, nehmen Sie den Herrn Salm wieder in Arrest!«

Kunze verlässt mit dem Arrestanten das Dienstzimmer.

Von Schleinitz ist nun mit Josepha alleine. Sie lässt ihn spüren, dass er sie mit seiner schroffen Aufforderung von vorhin gekränkt hat. Sie schaut ihn nicht an, obwohl sie gerne in der Nähe dieses starken, athletischen Mannes verweilt. So wie er seine Uniform trägt, erregt er sie stets aufs Neue. In den weißen, enganliegenden Pantalons bildet sich deutlich seine Männlichkeit heraus, die dunkelblaue Litewka mit dem hohen Stehkragen hebt seine kräftige Statur hervor. Ihr Atem geht schneller, ihre Wangen röten sich. Doch ihre Haltung bleibt abwehrend, er soll spüren, dass er sie verletzt hat. Lediglich den roten Kaschmirschal lässt sie ein wenig über die linke Schulter herunter gleiten. Ihm wird plötzlich bewusst, dass er sie gekränkt hat.

»Allerliebste Josepha«, beginnt er zu erklären, »verzeih mir mein schroffes Verhalten. Ich bin in großer Sorge um die Gemeinde. Die Feuergefahr!«

»Das ist kein Grund, mich so zu behandeln.« Sie wendet sich weiter von ihm ab.

»Dann hast du noch Gemeinsamkeiten mit diesem Salm«, und ironisch wiederholt er die Worte von Salm, » Josepha, du brauchst keine Angst zu haben. Spür ich da noch eine alte Zuneigung?« Das klingt nach Eifersucht, denkt sie. Er begehrt mich noch immer. Ja, von Schleinitz hat sich bei der ersten Begegnung in sie verliebt. Er fiebert den gemeinsamen Treffen entgegen. Viel zu selten stehen sie sich wie jetzt gegenüber. Er möchte sie umarmen und auf die unbedeckte Schulter küssen.

Er geht langsam auf sie zu. Sie fühlt sein Verlangen und errötend schaut sie ihn an:

»Heinrich, deine Eifersucht ist unbegründet. Ich habe nur mit dem Bernhard den Katechismus auswendig gelernt. Das war aber auch schon alles.«

»Dann darf ich weiter hoffen.«

»Hoffen?«, fragt sie, »Hoffen, begehren verbietet das zehnte Gebot.«

»Das kenne ich auch, obwohl ich Protestant bin. Aber es ist doch ein natürliches und äußerst menschliches Verlangen, wenn zwei Menschen in einander verliebt sind«, erwidert er.

»Das Gebot steht wider die Natur. Die Sprache meines Herzen weckt innige Gefühle in mir. Jeden Tag möchte ich die Spaziergänge mit dir in den Rheinauen wiederholen. Aber wir sind dem Gebot verpflichtet«, fügt sie mit pochendem Herzen hinzu.

»Deshalb sollten wir den Augenblick für uns nutzen.« Sie wendet sich ihm zu.

»Gerne, doch bedenke, ich bin die Frau des Ortsvorstehers und du bist der Offizier der Gendarmerie. Von unseren Treffen darf daher in der Gemeinde niemand etwas erfahren. Ist der Augenblick jetzt günstig?«

»Ja, gib mir deshalb diesen einen besonderen Augenblick, in dem unsere Herzen für einander schlagen. In diesem einen besonderen Augenblick werden wir die Ewigkeit spüren«, behutsam legt er seine Arm um ihre schlanke Taille, beugt sich zu ihr herunter, um sie auf die unbedeckte Schulter zu küssen. In diesem Moment klopft es an der Tür.

Erschreckt löst von Schleinitz die Umarmung, setzt sich hinter den Schreibtisch und ruft:

»Herein!«, und zu Josepha gewandt, »Frau Blank, bestellen Sie Ihrem Mann, dass wir einen Arrestanten in Gewahrsam genommen haben.«

»Dat Se dofür ävver uns Milchköche benutze, dat weed mingem Mann janz bestimmp nit räch sin«, sie wendet sich von ihm ab und geht zur Tür. Dort steht der Gendarm Meyer mit den beiden Zeugen.

»Einen schönen guten Morgen, die Herrschaften«, grüßen beide und Dorff setzt hinzu,

»Josepha, du Holde, wirst von Tag zu Tag schöner.« Sie wirft ihm einen freundlichen Blick zu,

»danke für das wohl gemeinte Kompliment«, und verlässt das Zimmer.

Von Schleinitz verspürt wieder, wie die Eifersucht in ihm wächst. Schon wieder kommt jemand, der ihr vielleicht früher seine Aufwartung gemacht hat. Aber er muss sich jetzt konzentrieren, es geht um die Sicherheit der Gemeinde.

»Ich freue mich, dass Sie so schnell kommen konnten. Nehmen Sie Platz, ich erkläre Ihnen, wie die Feuersicherheit in unserer Gemeinde gefährdet ist.«

Pabstmann unterbricht ihn:

»Lieber Herr von Schleinitz, wir wissen, um was es geht, und daher möchten wir Sie bei unserem Gespräch zu einem kleinen Umtrunk einladen. Sehen Sie hier«, damit stellt er einen prall gefüllten Biersiphon auf den Schreibtisch, »ich haben für unser Schützenfest ein besonderes Bier gebraut. Wir drei werden nun die ersten sein, die es verkosten.«

»Ja, aber dieser Salm«, wirft von Schleinitz ein. Pabstmann lobt unbeirrt sein neustes Produkt:

»Es strahlt bernsteinfarben im Glas und ist von köstlichem Geschmack.«

»Ja, aber«, weiter kommt von Schleinitz nicht, denn Pabstmann hebt wieder an:

»Ich habe es gebraut, wie es in meiner Heimat, dem Fran-
kenland, gebräuchlich ist. Es wäre vielleicht gut, wenn Sie
drei Gläser besorgen würden.«

Unwillig steht von Schleinitz auf und verlässt das Zimmer.
Dorff flüstert darauf Pabstmann zu:

»Haben Sie das eben mitbekommen? Ich glaube, der hat
mit der Josepha ein Fisternöllchen.« Bevor Pabstmann darauf antworten kann, betritt der Offizier mit drei Gläsern
wieder das Zimmer. Nachdem eingeschenkt wurde, stoßen
sie an und probieren das köstliche Getränk. Es ist kühl,
von süßlichem Geschmack und nicht unerheblichem Al-
koholgehalt.

Jedes Mal, wenn von Schleinitz über Salm sprechen möchte, füllt Pabstmann die Gläser und prostet ihm zu. Er

merkt, wie ihm die Zunge schwer wird, und er nimmt sich vor, jetzt die Vernehmung zu beginnen:

»Also, die Feuergefahr ist eine Gefahr vor Feuer und nur deshalb haben ich eine feuergefährliche Person ungefährlich gemacht.«

Dorff mischt sich ein:

»Sehen Sie, da sind wir allerdings anderer Meinung. Der Salm ist ein Erfinder, der will hier in Hitdorf eine Manufaktur aufbauen. Diese Zündhölzer, die der machen will, die braucht künftig jeder. Ungeahnte Mengen müssen davon produziert werden.«

»Ja, aber«, weiter kommt von Schleinitz nicht, denn Dorff führt weiter aus:

»Ich kann mir schon die Umsätze vorstellen, die wiederum Steuern in die Gemeindekasse fließen lassen. Der Blank, also unser Ortsvorsteher, wird Ihnen dankbar sein und Sie zur Beförderung vorschlagen, wenn der Salm seine Manufaktur hier aufbauen darf«, und Pabstmann setzt hinzu:

»Den müssen sie einfach aus dem Arrest entlassen.«

Der Offizier schaut beide überrascht an. Soweit hat er die Situation noch nicht durchdacht und sofort ändert er seine Meinung. Mit schwerer Zunge beschließt er:

»Meine Herren, hä, sie haben mir den Blick, hä, in eine ganz neue Richtung gelenkt. Also! Selbstverständlich ist das finanzielle Wohl der Gemeinde, hä, wichtiger als das bisschen Feuersicherheit, zumal das alles nur von einer Person ausgeht. Also! Ich gehe mal davon aus, dass Ihnen mein persönliches Wohlergehen, hä, auch am Herzen liegt. Also! Hä! Sie können den Salm direkt mitnehmen. Meine Herren, zum Wohl. Die Vernehmung ist beendet.«

– Kapitel 4 –

Explosion

»Also, diese Kiste, Herr De Jong, steht noch nicht auf Ihrer Frachtliste«, stellt der Hafenmeister sehr ungehalten fest, »soll ich das als Versuch werten, mich zu hintergehen?« De Jong ärgert sich. Der Hafenmeister hat wieder derart langsam die Fracht kontrolliert und geht gerade von Bord, als Schöller mit dem Karren und der Kiste mit der Feuerwaffe eintrifft. Er muss sich eine Ausrede einfallen lassen, aber ihm fällt nichts ein. Er weiß, dass der Hafenmeister ihn belangen kann, wenn er den Schmuggel entdeckt. Aber noch ist die Kiste nicht an Bord. Hilflos schaut er zu Schöller hinüber. Der wiederum verhält sich erstaunlich gelassen.

»Dann komme ich ja gerade rechtzeitig, um die Kiste registrieren zu lassen«, erklärt er freundlich. Der Hafenmeister lässt sich jedoch nicht von Schöllers vorgetäuschter

Unbekümmertheit einnehmen. Auch Schöller weiß, dass er diese Kontrolle überstehen muss, und schon vernimmt er den Hafenmeister:

»Ich muss den Inhalt kontrollieren, also öffnen Sie schon die Kiste.«

War es das, ist es schon zu Ende, bevor es angefangen hat. De Jong denkt an die Rheinhalfen in Kripp. Hier wohnen zahlreiche Treidelknechte, und hier wirkt sich die seit kurzem eingeführte Schleppschifffahrt verheerend aus. Immer mehr Treidelknechte stehen da ohne regelmäßige Arbeit. Das Einkommen reicht nicht aus, die Familien zu ernähren. Auch die Pferdebauern beklagen, dass ihre Leinpferde nicht mehr gefragt sind. Unter den Rheinhalfen und Bauern drängt man nun darauf, das Übel, also die Dampfschiffe, gewaltsam zu beseitigen. Der Ruf nach Waffen wird immer lauter.

Erschreckt sieht er, wie gelassen Schöller einen Schlüssel aus der Hosentasche hervor holt, die Kiste aufschließt und langsam den Deckel anhebt. De Jong kann jetzt nur eins machen, den Transport der Kiste ablehnen. Doch dazu kommt er nicht, weil der Hafenmeister vor Begeisterung laut ausruft:

»Schöller! Wo haben Sie das nur machen lassen?« In der Kiste liegt die Vereinsstandarte für den Männergesangverein in Kripp: Schwarzer Samt mit goldener Verzierung und einem Motiv, das den Schwanenritter vor Schwanenburg im Hintergrund zeigt, mit der Aufschrift ›In Freud und Leid zum Lied bereit‹.

Der Hafenmeister kann seine Begeisterung kaum bändigen:

»Sie müssen mir unbedingt verraten, wer diese schöne Arbeit hergestellt hat? Wir wollen nämlich hier in Hitdorf auch einen Männergesangverein gründen. Ich muss den Freunden unbedingt von dieser Standarte erzählen«. Er beugt sich langsam vor, um das Material zu prüfen. Doch Schöller merkt seine Absicht und klappt ganz langsam den Deckel wieder zu und erklärt ihm dabei:

»Ja, das ist schon eine tolle Arbeit von sehr versierten Leuten, die in Hückeswagen wohnen, wahre Künstler. Ich schreibe Ihnen den Namen gerne auf.«

Der Hafenmeister notiert in seiner Liste ›Standarte für MGV Kripp‹, Schöller gibt ihm den Namen des Künstlers, dann verabschiedet er sich mit einem herzlichen Dank an beide.

De Jong kann es kaum fassen.

»Wo steckt dann jetzt die Feuerwaffe?«, fragt er ungläubig.

»Unter der Standarte natürlich. Der wollte ja nachsehen und den Samt anfassen, Gott sei Dank hat er nichts gemerkt. Also, schaffen wir die Kiste an Bord. Ich will so schnell wie möglich von hier verschwinden und mich auch in den nächsten Monaten nicht mehr blicken lassen. Die

Pferde sind schon eingespannt. Sie sollten auch sehen, dass Sie weiter kommen.«

»Ich will noch zu Margret und mit ihr etwas ganz Persönliches bereden. In der Zwischenzeit werden die Treidelknechte alles zum Auslaufen vorbereiten.«

Salm hat sich mit Schiefer im Bergischen Hof verabredet. Er will herausfinden, wie und warum es zu seiner Verhaftung gekommen ist. Inzwischen hat er erfahren, dass er auf das Drängen von Pabstmann und Dorff aus dem Arrest entlassen wurde. Da Schiefer noch nicht eingetroffen ist, fragt er den Gastwirt Dücker, wie er sich an den Vorfall erinnert.

»Jo. Dat wor esu. Plötzlich kome die Gendarme hie erenn un han jet von Für maache jekallt. Jo, un jeder hat jo dat met däm Spönche jesin. Un deshalb es de Hauptwachmeister och tirek op Sie zo jekumme.«

»Nun habe ich dem Hauptwachmeister auch einmal praktisch vorgeführt, wie mein Streichzündhölzchen funktioniert. Er hat sich zwar am Anfang gefürchtet, aber auch erfahren können, dass keine Gefahr von meinem Hölzchen ausgeht. Wissen Sie, das meine ich nicht. Irgendwie muss doch die Gendarmerie von meiner Vorführung hier in Ihrem Lokal erfahren haben«, Salm versucht Dücker zu bewegen, sich noch einmal zu erinnern.

»Et woren jo nit vill Jäste em Schankraum. Un von drusse hät och bestemmp kenner zojesin. Wenn esch ehrlich sin soll, wor esch jo em eschte Moment och jet skeptisch«, erfährt Salm von Dücker. Da öffnet sich die Tür und Schiefer betritt den Schankraum.

»Tach Schiefer«, dann erinnert Dücker sich:

»Do fällt mer en, du bes jo och bei der Verhaftung vom Salm dobei jewäse.« Salm hört aufmerksam zu. Schiefer schaut beide verwundert an, und zu beider Überraschung erzählt er:

»Ich war von deiner Verhaftung auch überrascht, Bernhard. Dabei gewesen bin ich aber nicht, weil ich vorher gegangen bin, und zwar bin ich zur Kommandantur der

Gendarmerie gegangen«, Salm und Dücker können es nicht fassen, »weil ich gehört habe wie der Spediteur dem Kapitän von einer neuen Feuerwaffe vorgeschwärmt hat. Der wollte die Waffe dem Kapitän verkaufen. Aber dem war das wohl zu teuer.«

»Und das hast du dem von Schleinitz, diesem preußischen Idioten, erzählt«, will Salm wissen.

»Ja, selbstverständlich, so wahr, wie ich hier stehe«, bekräftigt Schiefer.

»Das ist ja unvorstellbar, da sperrt dieser Kerl mich in die Milchküche beim Blank ein, obwohl er den Spediteur verhaften sollte. Der muss sofort seine Leute in Bewegung setzen und diesen Spediteur suchen. Dücker, wissen Sie, wo der Spediteur übernachtet?«

»Also, in dä letzte Johre hätt dä immer sing Päd un d'r Ware beim Bauer Bersch avvjestellt, un do hät dä och immer jeschloofe.«

»Komm, Willi, nix wie hin!«

De Jong schleicht sich von Bord. Er hat die kleine Dose mit chlorsaurem Kalium, die ihm Schöller abgefüllt hat, in seine Hosentasche gesteckt. Die Treidelknechte kommen mit den Pferden, um die Tjalk in Schlepp zu nehmen. Der Bönder und das Dampfschiff haben den Hafen bereits verlassen. Für die Tjalk ist nun der Weg bis zur Treidelfähre bei Rheindorf frei. Er sieht, wie Schöller sein Fuhrwerk auf die Straße lenkt und in schneller Fahrt davon jagt.

Margret findet er in der Milchküche der Gastwirtschaft. Er geht am Eingang der Gaststätte vorbei, schaut in den Hof, niemand ist zu sehen, dann öffnet er die Küchentür.

Margret steht am Butterfass. Den Stößer fest in der Hand bewegt sie den Rahm im Fass auf und nieder. Zunächst geht es ganz leicht, doch wenn der Rahm anfängt zu buttern, muss sie schon kräftig zustoßen. Auf dem Tisch liegen bereits mehrere durchgeknetete Butterklumpen, daneben die Schüssel mit frischem Rahm und eine Karaffe, in der sie die Buttermilch auffängt. Sie hat die blonden Haare hochgesteckt und eine kleine Haube aufgesetzt. Über eine weiße Leinenbluse und einen roten Rock trägt sie eine graue Schürze. Das Buttern strengt sie an.

Als De Jong die Milchküche betritt, freut sie sich, ihn wieder zu sehen. Sie stellt das Buttern ein, um ihn zu begrüßen. Er kommt auf sie zu und nimmt sie in den Arm. Er fühlt, das ist die richtige Frau. Margret genießt die Umarmung. Sie hatte es sich schon seit der ersten Begegnung gewünscht.

»Margret, ich muss dir eine ganz persönliche Frage stellen«, er schluckt, denn den nächsten Satz hat er sich gut zurecht gelegt.

»Nur zo«, ermuntert ihn Margret.

»Kannst du dir vorstellen, mit mir auf meinem Schiff durch die Welt zu segeln?« Er hat es ihr gesagt, und es war überhaupt nicht schwer, und er erhält sofort die Antwort:

»Jo, jän, sujar sehr, sehr jän«, dabei umarmt sie ihn innig und spürt, wie er sie fest an sich drückt.

»Dann werde ich dich aus dieser milchtöpfig stinkenden Milchküche auf mein Schiff entführen und mit dir davon segeln.« Er will sie bei der Hand nehmen und zur Tür hinausführen, doch da bleibt Margret einen Augenblick stehen:

»Un wie is et met unserem Experiment? E paar Phosphorknübbelcher han esch us däm Juano erus jepeck un jet Liem besorch. Hät dir dä Schöller jet mitjejevve?«

»Hier ist es«, er zieht die kleine Dose aus der Tasche, »dann lass uns den Ofen anheizen.« Er geht zum Ofen, nimmt Feuerstein, Feuereisen und Zunder aus dem Ascheschoss und zündet die Holzspäne an. Dabei denkt er, mit einem Streichzündholz wäre das hier sicher einfacher!

Salm und Schiefer kommen von der Kommandantur der Gendarmerie zurück und berichten dem Gastwirt.

»Das ist doch ein hochnäsiger Vertreter. Bis der begriffen hat, wonach er suchen muss, vergeht eine Ewigkeit.« Salm kann sich noch immer nicht beruhigen.

»Han die Gendarme beim Bersch jeluurt?«, fragt Dücker.

»Beim Bauer Berg hat sich nichts gerührt. Es sieht so aus, als wenn sich der Schöller schon auf und davon gemacht hat. Die Gendarmen müssen hinter dem her.« Dücker fragt nach den Schiffen im Hafen.

»Das Dampfschiff und der Bönder sind weg. Da bleibt nur noch der Hafenmeister. Aber der ist auch nicht aufzutreiben«, Salm will unbedingt wissen, ob das, was Schiefer gehört hat, auch zutrifft.

»Dä Hafenmeister es bestimmp bei singe Sangesbröder op dem Lohr«, fällt Dücker ein.

»Der muss sofort hier her.« Schiefer macht sich schon auf den Weg.

»Sagen Sie, Dücker, da liegt doch noch das Schiff von dem Holländer. Der saß doch mit dem Schöller an einem Tisch«, erinnert sich Salm.

»Dä Holländer kütt doch rejelmäßig noh Hetdörp. Wat well dä met Feuerwaffe. Die Holländer sin doch friedliebende Minsche.« Dücker kennt De Jong schon seit Jahren. Doch Salm hat da seine eigene Meinung:

»Friedliebend ist schon richtig, aber diese Eigenschaft der Holländer ist mit grobem Egoismus vermischt. Kalter Verstand ist die Triebfeder und Wuchergeist und Geldsucht sind ihre Begleiter.«

»Wollen Se damit saren, dat dä Holländer an dä Feuerwaffe Geld verdeene well? Dat jläuv esch nit. Die Holländer sin saubere und ödentliche Minsche.« Dücker kann sich nicht vorstellen, dass ein Waffengeschäft in seiner Wirtschaft abgeschlossen wurde.

»Sagen Sie, Dücker, wo steckt dieser Holländer eigentlich?«, will Salm wissen, »ich habe eben gesehen, dass an seinem Segelfrachter die Pferde angespannt werden.«

»Dä Holländer hät e Fisternöllche met unserem Margret anjefange. Un dat Margret, Herr Salm, dat hät jeluustert, als Sie däm Pabstmann und däm Dorff von Ihrem Spönche vürjeschwärmt han.« Dücker gibt Salm zu verstehen, dass er sehr unvorsichtig war. Salm erwidert empört:

»Was wollen Sie damit sagen? Sollte ich etwa das Geheimnis um die Rohstoffe ausgeplaudert haben?« Dücker verschweigt bewusst, dass De Jong die Zusammensetzung der Zündmasse aus seinem Notizbuch abgeschrieben hat, deshalb sagt er nur:

»Die zwei wäde versöcke, su e Spönche nohzemaache.«

»Sind die von allen guten Geistern verlassen? Die wissen nicht, wie gefährlich der Umgang mit chemischen Produkten ist. Wir haben jahrelang geforscht, probiert und getestet, bis wir die richtige Mischung gefunden haben. Und die wollen auf diese simple Art und Weise unsere Erfindung nachmachen.« Salm kann sich nicht erinnern, jemals sein Rezept für die Zündmasse weitergegeben zu haben:

»Man muss sie aufhalten. Es besteht höchste Feuergefahr.« Dücker versucht ihn zu beruhigen:

»Was soll schon passieren?«

»Herr Dücker«, Salm wird energisch, » sobald man Phosphor mit chlorsaurem Kalium mischt und womöglich noch umrührt, entsteht durch die Reibung eine gewaltige...« Weiter kommt er nicht.

In der Milchküche stellt De Jong einen Topf auf den Ofen. Margret gibt zunächst den gelblich gefärbten Leim in den Topf. Dann warten sie, ob sich der Leim durch das Erhitzen verflüssigt.

Dann nimmt Margret aus einem Schälchen ein paar Phosphorknübbelchen und streut sie in den erhitzten Leim. Dann rührt sie mit einem Holzlöffel die Knübbelchen vorsichtig unter.

Die Phosphorknübbelchen verbinden sich schnell mit dem Leim. Die nun gallertartige Masse riecht unangenehm. De Jong nimmt die Dose mit dem chlorsauren Kalium und gibt eine Prise in den Topf. Die gallertartige Masse dehnt sich langsam aus. Beide beobachten die Reaktion. Dann nimmt er den Holzlöffel und rührt in der Masse herum. Mit dem Erfolg, dass sich Masse noch schneller ausdehnt.

Schließlich fliegt der Topf mit einem lauter Knall in die Luft und die Masse beginnt zu brennen. Doch De Jong bewahrt die Übersicht. Er packt sich einen Eimer mit Wasser und löscht das entstehende Feuer. Das Experiment ist misslungen. Margret, noch benommen, sucht bei ihm Schutz.

»Schnell, wir verschwinden«, flüstert er ihr zu, dann rennen sie rußverschmiert zu seinem Segelfrachter.

Rauch dringt in den Schankraum. Erschreckt reißt Dücker das Fenster auf und sieht, wie De Jong und Margret den Segelfrachter besteigen. Er hört das Kommando der Treidelknechte und nimmt verwundert wahr, wie der Frachter langsam Fahrt aufnimmt. Es schmerzt ihn, dass Margret auf und davon ist in eine ungewisse Zukunft, hat er sie doch väterlich in seiner Gastwirtschaft aufgenommen. Er wünscht ihr Glück und winkt dem auslaufenden Frachter nach.

Als er sich Salm wieder zuwendet, betritt von Schleinitz mit den Gendarmen den Schankraum.

»Herr Salm, ich bedaure sehr, meine Männer haben den Verdächtigen nicht ausfindig machen können. Es ist uns nicht gelungen, ihn zu stellen«, meldet er förmlich. Salm ist mit seiner Meldung nicht zufrieden, er kann diesen Preußen nicht ausstehen:

»Dann müssen sich ihre Leute mal etwas Mühe geben und bei den Bürgern von Hitdorf fragen. So ein Fuhrwerk mit einem großen P muss doch auffallen.«

Da überschätzt Salm allerdings die Bereitschaft der Hitdorfer Bürger, der als Besatzungsarmee empfunden Landgendarmerie freundlich zu helfen. Von Schleinitz kann nur antworten:

»Wir haben unser Bestes gegeben. Es stellt sich die Frage, mit wem der Spediteur noch Kontakt hatte. Kann das hier jemand beantworten?« Salm fällt ein:

»Da hat doch an seinem Tisch der Kapitän des holländischen Frachters gesessen, und die haben auch die Köpfe zusammen gesteckt.« Noch immer bedrückt ergänzt Dücker:

»Jo, richtisch, dat wor d'r De Jong, dä Lossleddije, dä hät och in d'r Milchköch dä Pott explodiere losse. Jo, dä es vür paar Minutte met singem Scheff un däm Margret fott jefahre.«

In diesem Augenblick betreten Schiefer und der Hafenmeister den Schankraum. Der Hafenmeister kommt von einem Treffen sangesfreudiger Herren, die in der Gaststätte auf dem Lohr bei einem kleinen Umtrunk ein neues Lied einstudiert haben.

»Gott zum Gruße, die Herren. Ich muss Ihnen zunächst berichten dürfen, welch wunderschönes Lied wir so eben gesungen haben.« Die Gäste kennen und schätzen seine musikalische Neigung und unterbrechen ihn nicht. So holt er aus der Rocktasche ein Notenblatt und beginnt zu singen:

»Am Rhein, am grünen Rheine, da ist so mild die Nacht,
die Rebenhügel liegen in goldner Mondenpracht,
und an den Hügeln wandelt ein hoher Schatten her,
mit Schwert und Purpurmantel, die Krone von Golde schwer,
die Krone von Golde schwer.«

Dücker, Salm und Schiefer applaudieren. Nur die Gendarmen halten sich zurück, sie vermuten ganz richtig, dass mit diesem Lied nicht der preußische König, sondern der Kaiser aus Aachen besungen wird.
»Das Lied hat Franz Schubert aus Österreich komponiert«, ergänzt der Hafenmeister.

Das auch noch, denkt von Schleinitz:

»Ich danke für den musikalischen Vortrag, doch wir sollten nun endlich wieder dienstlich werden. Wir suchen nach einer Feuerwaffe, die der Spediteur Schöller dem De Jong verkauft hat. Haben Sie auf dem Frachter etwas Auffälliges entdeckt?« Der Hafenmeister lässt sich seine gute Laune nicht verderben und berichtet von der Kiste mit der schönen Standarte für den Gesangverein in Kripp am Rhein. Als er noch weiter ausholen will, unterbricht ihn Schleinitz:

»Wenn das so ist, dann wird die Suche nach dieser dubiosen Feuerwaffe mit sofortiger Wirkung eingestellt.« Dücker atmet auf. Salm empört sich:

»Damit bin ich persönlich nicht einverstanden. Schließlich bin ich unschuldig verhaftet worden.«

»Hür op«, beschwichtigt ihn Dücker, »dat litt däm nit, sech ze entschuldije. Wenn mer dä noch wijjer kritisiere, dann wöd dä noch wödisch.«

Die Tür öffnet sich und Josepha Blank betritt den Schankraum. Sie geht auf von Schleinitz zu und überreicht ihm eine Depesche. Er bricht die Versiegelung auf und liest: »Wir, Friedrich Wilhelm von Gottes Gnaden König von Preußen, ordnen an, dass der Hauptwachmeister Heinrich von Schleinitz ab sofort seinen Dienst in der Kommandantur Potsdam zu versehen hat.« Josepha bricht in Tränen aus, ihr geliebter Heinrich wird Hitdorf verlassen, die schönen gemeinsamen Stunden in den Rheinwiesen sind vorbei, sie wird ihn nicht mehr wieder sehen, aufgelöst wirft sie sich an seine Brust. Von Schleinitz unterdrückt seinen Abschiedsschmerz, er muss jetzt seine militärische Disziplin den Anwesenden zeigen:

»Männer! Morgen in aller Frühe werden wir die Kommandantur Hitdorf verlassen. Ich werde heute noch den Ortsvorsteher Blank informieren.« Mit einer sanften Bewegung schiebt er Josepha bei Seite, die ihn daraufhin verwundert anschaut.

Obwohl sich die durch die Explosion ausgelösten Rauchwolken verzogen haben, kommen Pabstmann und Dorff herein, um sich zu erkundigen, was eigentlich geschehen ist. Von Schleinitz, der gerade mit seinen Männern abziehen will, wird von Pabstmann nach dem Untersuchungsergebnis befragt. Der antwortet barsch:

»Es besteht keine Gefahr mehr für die öffentliche Sicherheit. Die Verursacher haben sich aus dem Staube gemacht. Für alles weitere bin ich nicht mehr zuständig. Gendarmerie, Abmarsch!« Sie verlassen den Schankraum.

»Das werde ich Ihm nie verzeihen, mich so bei Seite zuschieben wie verdorbenes Obst. Mein Herz habe ich ihm zu Füßen gelegt und ihm die schönsten Stunden seines Lebens bereitet.« Tränen überströmt wirft sich Josepha an die Brust von Salm. Sie tröstend setzt sich Salm mit ihr an den Tisch.

Dorff und Pabstmann wenden sich Salm zu.

»Schildern Sie uns doch bitte, was hier passiert ist«, will Pabstmann jetzt von ihm erfahren.

»De Jong und die Kellnerin haben versucht, mein Streichzündholz nachzumachen«, beginnt Salm, »dabei ist die Zündmasse explodiert. Das passiert, wenn man keine Kenntnis hat. Und tatsächlich haben sich beide abgesetzt.«

»Dann wundert mich, dass der von Schleinitz den Verursachern nicht nachstellt. Die Preußen behandeln doch sonst ihre Untertanen wie unmündige Kinder. Das haben Sie bei Ihrer Verhaftung ja auch gemerkt. Der von Schleinitz hätte den Nutzen Ihrer Erfindung eigentlich auch erkennen können«, bemerkt Dorff.

»Die Zustände in Preußen stimmen einfach nicht. Wir müssen uns für Demokratie und Freiheit einsetzen. Kommen Sie mit uns und schließen Sie sich der liberalen Bewegung an«, bietet ihm Pabstmann ganz offen an.

»Und ich biete Ihnen eine finanzielle Beteiligung an Ihrer Manufaktur an«, ergänzt Dorff.

Salm kann sein Glück kaum fassen und Josepha fragt er: »Josepha, kann ich Deinem Mann heute noch von meinem Vorhaben berichten?« Sie wischt sich die Tränen ab, schaut in sein offenes Gesicht und entschließt sich, ihm zu helfen, damit sie den preußischen Gendarmen ganz schnell vergessen kann. Salm bietet ihr seinen Arm an, dem Gastwirt Dücker gibt er aus seiner Tasche ein Zündholz, dann verlassen beide den Schankraum.

Dücker nimmt das Zündholz in die Hand, betrachtet es von allen Seiten:

»Dat es also e Spönche, en Revolution, die mer nit mie ophale kann.«

Ende

Nachwort

»Ich will ein Theaterstück schreiben«, erwähnte Julius Busch in einem Gespräch im letzten Jahr, und irgendwie spürte ich, dass sich dahinter die drängende Frage verbarg: »Hättest Du da vielleicht eine Idee?« Ich fühlte mich geschmeichelt, denn ich war gerade 75 geworden und bin nie über Nebenrollen am ›Staatstheater‹ in der benachbarten Stadt Monheim hinaus gekommen. Meine Neugier war geweckt.

Er hätte da einen Folianten aus dem Hauptstaatsarchiv in Duisburg, der 1840 beginnt und die Zündholzfabrikation in Hitdorf behandelt. Sein Ur-Urgroßvater, also unser Bernhard Salm, würde in diesem Aktenstück als erster erwähnt. Das wären also die Themen: Die Zündholzherstellung und der Ur-Urgroßvater. Also ein Volksstück sollte es werden.

»Oh weia«, dachte ich so bei mir und gab, fachmännisch wirkend zu verstehen: «Ja, dann muss eine Geschichte her.«

Auf die Handlung, den Ort und die Zeit konnten wir uns schnell verständigen. Aber dann! Bei Gesprächen mit Bekannten und Freunden über unser Vorhaben stelle sich begeistertes Interesse heraus. Manfred Wilden lieferte uns, in seiner unnachahmlichen Art Lokalkolorit zu präsentieren, sogar den Titel ›Et Spönche‹. Dann begann die Geschichte langsam aber stetig, in meinem Kopf zu wachsen. Meine Recherchen startete ich in der Stadtbibliothek Monheim bei meinem früheren stets freundlichen und hilfsbereiten Kollegen Martin Führer. Als nun das erste Kapitel stand, habe ich Carsten Peter, Studienrat für Geschichte am Helmholtz Gymnasium, Hilden, als historischen Berater hinzugezogen. Beide ermunterten mich, weiter zu schreiben. So folgten die nächsten Kapitel stets mit dem Gedanken, dass ich die Grundlage für ein Theaterstück schaffe. Ruth und Herbert Drechsel halfen mir, unsere hiesige Mundart lesbar zu gestalten. Meine Frau Karin verfolgte den Entstehungsprozess mit kritischen Fragen und Bemerkungen. Die Probeleser Edeltraut Krings und Dieter de Jager äußerten lobende Anerkennung. Es sei eine gelungene, konsequente Erzählung mit Höhe- und Wendepunkten sowie einer pointierten Verknüpfung von lokaler und nationaler Geschichte schrieb mir Dr. Achim Kalcher, der mir als Lektor Mut zur Veröffentlichung machte.

Zum Schluss danke ich allen Genannten von ganzem Herzen. Mir hat das Schreiben sehr viel Freude gemacht, und inzwischen konnten Julius und ich auch das Textbuch für das Theaterstück abschließen. Ich sage Ihnen, ein Hammer.

Personen

Berg, Peter, *Landwirt*

Blank, Josepha, *Frau des Ortsvorstehers*

De Jong, Claas, *Kapitän*

Dorff, Jakob (1788 - 1849), *Tabak- und Baustoffhändler*

Dücker, Düres, *Gastwirt*

Hilgers, Matthias, *Hafenmeister*

Kunze, August, *Gendarm der Königlich Preußischen Land-gendarmerie*

Meyer, Friedrich, *Gendarm der Königlich Preußischen Landgendarmerie*

Odenthal, Margret, *Kellnerin*

Pabstmann, Sigmund (1799 – 1858), *Bierbrauer*

Salm, Bernhard (1811 – 1872), *Streichholz-Fabrikant*

Schiefer, Willi, *Tagelöhner*

Schöller, Anton, *Spediteur*

von Schleinitz, Heinrich, *Hauptwachtmeister der Königlich Preußischen Landgendarmerie*

Knappe, Wilhelm, *Schwammklöpper*

Glossar

Bergischer Hof: Am Hitdorfer Hafen gelegene und heute noch betriebene Gastwirtschaft.

Beurtschifffahrt: Das ist eine Linienschifffahrt auf dem Rhein, die schon im Mittelalter existierte. Im Gegensatz zur auftragsbezogenen Schifffahrt fährt das Schiff nach einem bestimmten Fahrplan. Der Begriff stammt aus dem Niederländischen: Beurtscheepvaart. Beurt bedeutet so viel wie Rang oder Reihenfolge.

Bönder: Sonderform des Segelfrachters »Samoreuse«. Kleinere und kürzere Variante, die bei der Fahrt auf dem Nieder- und Mittelrhein weniger Probleme verursachte.

Bottermilch: {*mundartlich*} Buttermilch.

Bottermilchs Bunne: {*mundartlich*} Buttermilch mit Bohnen. Rezeptvorschlag von Karin Lange:

Heute bereitet man dieses Gericht wie folgt: 500 g grüne Bohnen in kleine Stücke schneiden und in Salzwasser ca. 15 Minuten weich kochen. 500 g geschälte Kartoffeln gesondert mit wenig Wasser kochen, abgießen und grob zerstampfen

anschließend mit 1 Liter Buttermilch und 200 g süßer Sahne

auffüllen, erwärmen und mit Salz und Pfeffer abschmecken.

Dann die Bohnen hinzugeben und mit einem Stich Butter

und einigen gehackten Zwiebeln servieren. Guten Appetit!

Butterfass: Hölzerne Tonne, in die der abgeschöpfte

Rahm gegeben und anschließend zu Butter gestampft

wird. Die im Fass verbliebene Flüssigkeit wird Butter-

milch genannt und schmeckt säuerlich.

Buttermarkt: Platz um die St. Stephanus Kapelle. Hier

wurde von 1882 bis 1887 die heutige Pfarrkirche St.

Stephanus gebaut.

Chlorsaures Kalium: Im Kalkverfahren gewonnener

Rohstoff für die Herstellung einer Zündmasse.

Dampfschleppschifffahrt: Insbesondere zu Berg vom

Dampfschiffen geschleppte Segelschiffe. Am 28. Juli

1841 erhielt die Kölner Dampfschleppschifffahrtsgesell-

schaft die Konzession der preußischen Regierung.

Fisternöllchen: {*mundartlich*} Kleine, heimliche Liebelei.

Fürstohl und Fürsteen: {*mundartlich*} Feuerstahl und Feuerstein.

Guano: Der Guano ist ein feinkörniges Gemenge von verschiedenen Phosphaten und besteht hauptsächlich aus den Exkrementen von Seevögeln.

Halfen: Auch Treidelknechte oder Leinreiter genannt. Sie führten die Leinpferde. Eine verantwortungsvolle und vor allem gefährliche Arbeit.

Heiliger Florian: Der heilige Florian ist einer der populärsten katholischen Heiligen. Er gilt als Schutzpatron der Feuerwehr und wird gerne angerufen, wenn eine Brandgefahr besteht.

Helenental: Wenn man in Altenberg vom Schöllerhof entlang der Dhünn flussaufwärts wandert, erschließt sich das Helenental mit den Ruinen der alten Pulvermühlen.

Katechismus: Lehrbuch für den christlichen Glaubensunterricht.

Kripp: Am Rhein gelegener Stadtteil von Remagen. 1848 fand hier der sogenannte »Rheinhalfenaufstand« statt.

Das Böllerdenkmal erinnert heute noch an dieses Ereignis.

Landgendarmerie: Die Königlich Preußische Landgendarmerie war von 1812 an die Sicherheitspolizei im Königreich Preußen und militärisch organisiert.

Leinpfad: Der Weg, über den Menschen oder Zugtiere Schiffe gegen den Strom, also zu Berg, ziehen oder treideln.

Leinpferd: Zugtier beim Treideln.

Litewka: Aus dem Polnischen. Eine zweireihige, waffenrockartige Uniformjacke. 1813 wurde sie für weite Teile der Königlich Preußischen Landgendarmerie eingeführt.

Lossleddig: {*mundartlich*} Unverheiratet

Nagelschmied: Ein ehemaliger Handwerksberuf, der sich mit der Herstellung von Eisennägeln beschäftigte.

Pantalons: Aus dem Französischen: Lange enge Hose

Pennche: {*mundartlich*} Kleines rundes oder vierkantiges starkes Stück Holz.

Phosphor: Mineral, das u.a. in der Ackererde und im tierischen Organismus vorkommt. Rohstoff für die Herstellung einer Zündmasse.

Revoluzzer: Abwertend für jemand der sich als Revolutionär gebärdet.

Rheinhalfen: Siehe oben bei Halfen.

Schwammklöpper: Auch Zunderklopper genannt, kamen aus der Gemeinde Fredeburg im Sauerland. Sie stellten aus dem an Buchen und Birken wachsenden Zunderporling, einem ›Schwamm‹ oder Pilz, Zunder her, der für das Feueranmachen unerlässlich war.

Schöllerhof: Der am Eingang zum Helenental bei Altenberg liegende Hof diente als Verwaltungs- und Versandstelle der dortigen Pulvermühlen. Das in Holzfässern verpackte Schießpulver wurde hier auf speziell hergerichteten Transportwagen verladen und zum jeweiligen Bestimmungsort gefahren.

Spon: {*mundartlich*} Span, vornehmlich Holzspan.

Spönche: {*mundartlich*} Kleiner Span.

Stibitze: {*mundartlich*} Eine Kleinigkeit wegnehmen.

Tjalk: Holländisches Frachtsegelschiff. Wie der Bönder mit flachem Boden und ohne herausragendem Kielbalken gebaut. Geeignet für fast alle Gewässer.

Treidlen: Das Ziehen von Schiffen stromaufwärts.

Treidler: Der mit dem Ziehen von Schiffen Beschäftigte. Siehe oben bei Halfen.

Treidelpfad: Neben dem Flusslauf gelegener befestigter Pfad, über den das Treideln ausgeführt wird.

Wambacher Hof: Der an der Wupper bei Rheindorf auf einer Motte (Hügel) gelegene Hof. In seiner Nähe befand sich eine Furt durch die Wupper.

Zunder: Ein sehr leicht brennbares Material, das zur Aufnahme der Funken zum Entzünden von Feuer dient.

Zunderklopper: Siehe oben bei Schwammklöpper.

Zündholzhobel: Werkzeug, mit dem sich Holzdraht herstellen lässt.

Zündnadelgewehr: Das Zündnadelgewehr ist ein von Johann Nikolaus von Dreyse ab 1827 in Sömmerda entwickeltes Gewehr mit damals neuartigen Zündnadel-patronen, die neben Geschoss und Treibladung auch das Zündelement enthielten. Das Gewehr war das erste in Massen produzierte und zum militärischen Einsatz taug-liche Hinterladergewehr. Nach langer Entwicklungszeit begann im Jahr 1840 die Massenproduktion.

Literatur

Alfons Bujard: Zündwaren. Survival Press, Radolfzell 1910, 2002 (Repr.), ISBN 3-8311-3948-2.

Walter Loewe, Arne Jansson, Carl Magnus Rosell: From Swedish Matches to Swedish Match. The Swedish Match Industry 1836–1996. Wahlström & Widstrand, Stockholm 1997, ISBN 91-46-17290-4.

Wladimir Jettel: Die Zündwaren-Fabrikation in Ihrer Gegenwärtigen Ausbildung, Friedrich Vieweg und Sohn, Braunschweig 1871, ISBN 9-781295-441624